2020 中国散文诗年选

王幅明 陈惠琼 —— 编选

花城年选系列

SPM
南方出版传媒
花城出版社
中国·广州

图书在版编目（CIP）数据

2020中国散文诗年选 / 王幅明，陈惠琼编选. -- 广州：花城出版社，2021.1
（花城年选系列）
ISBN 978-7-5360-9336-2

Ⅰ. ①2… Ⅱ. ①王… ②陈… Ⅲ. ①散文诗－诗集－中国－当代 Ⅳ. ①I227.6

中国版本图书馆CIP数据核字(2021)第003445号

出 版 人：肖延兵
责任编辑：李珊珊　蔡　安　欧阳蘅
技术编辑：薛伟民　凌春梅
封面设计：Design
丛书篆刻：朱　涛

书　　名	2020中国散文诗年选 2020 ZHONGGUO SANWENSHI NIANXUAN
出版发行	花城出版社 （广州市环市东路水荫路11号）
经　　销	全国新华书店
印　　刷	佛山市浩文彩色印刷有限公司 （广东省佛山市南海区狮山科技工业园A区）
开　　本	787毫米×1092毫米　16开
印　　张	17.5　1插页
字　　数	250,000字
版　　次	2021年1月第1版　2021年1月第1次印刷
定　　价	56.80元

如发现印装质量问题，请直接与印刷厂联系调换。
购书热线：020－37604658　37602954
花城出版社网站：http://www.fcph.com.cn

编委会

编选 王幅明 陈惠琼

序 陈惠琼

编委 钟建平 唐成茂 柳成荫 蔡丽双 黄伟华
刘小红 莫鸣小猪 刘振炎 王成钊 周鹏程
徐孝先 唐雪群 罗铭恩 徐慧根 黄宏欣
盘金生 谢应明 杨祥龙 林兆帆

目录

一种精神气场，一种恢宏气势
　　——序《2020中国散文诗年选》｜陈惠琼　　……001

辑一　大地的璀璨

湄南。湄南。我异乡里的水之安澜……｜刘虔　　……001
林芝之密｜王剑冰　　……002
小哥（外一章）｜耿林莽　　……006
一个人的编年史｜王幅明　　……008
通往拉萨的路（外二章）｜王宗仁　　……010
天地斗室｜西中扬　　……013
太阳之播｜邹岳汉　　……014
飞雪迎春｜杨志学　　……015
感恩山林｜吕海沐　　……016
关于可能性｜周庆荣　　……017
下雪时就回家｜张宇航　　……018
午门：颂朔｜龚学敏　　……019
韩家荡的荷花｜灵焚　　……020
粤剧艺术博物馆（外一章）｜陈惠琼　　……021
听从自己内心的声音｜姚园　　……024
香炉湾絮语《果实》（节选）｜钟建平　　……025
科尔沁四重奏｜柳成荫　　……031

海岛戎衣　英气千重
　　——致长岛海岛部队｜蔡丽双（香港）　……033
在五台山女子佛学院｜宓月　……034
落在你脸上的每一滴光尘都是回归｜唐朝晖　……035
爱情｜夏寒　……036
青花瓷
　　——华丽的注脚（外二章）｜莫鸣小猪　……037
阿拉山口｜罗铭恩　……041
仓颉造字
　　——观戴卫同名画作｜语伞　……043
从苕国走来的开国英雄｜唐成茂　……044
回首彼岸｜文榕（香港）　……047
她似乎含着深沉的微笑（外一章）｜王猛仁　……048
倾听（外一章）｜栾承舟　……050
父亲的呓语｜韩嘉川　……051
情树，情树｜陈志泽　……052
故乡的风｜干海兵　……053
西顶三昧｜徐慧根　……054
在泸沽湖的童话里荡漾｜王成钊　……056
渝西的星空布满隐喻｜周鹏程　……058
给词语上营养让它们长肉｜高伟　……060
夜宿耕读小院｜谢克强　……061
赤水河畔｜亚楠　……062
学步
　　——写给小孙女温忻畅｜箫风　……063
咏兰（外一章）｜红筱　……064
一只鹰在高空缓缓盘旋｜徐成淼　……069
红木棉｜王景喜　……070
到林子里去｜庞白　……071
流淌的江海命脉｜谢显扬　……072
沿着江边走｜曹雷　……074
为花恪守诺言（外二章）｜徐孝先　……075
湖边遐思｜庄伟杰　……076

石磨｜何霖 ……078

编钟｜熊亮 ……079

运河｜晓弦 ……080

禅意海珠石｜成春 ……082

我把一只酒杯长留故乡（外一章）｜孙善文 ……083

青蒿｜李俊功 ……084

一幅简笔画｜封期任 ……085

九月，在浆果的蜜汁中醒来｜刘海潮 ……087

复活的石头｜亚男 ……088

栅栏｜崔国发 ……089

江南的水｜赵振元 ……090

南岭（外一章）｜华海 ……092

老兵｜堆雪 ……094

情系石龙（组章）｜谢应明 ……095

过门儿｜宋庆发 ……097

樵山竹韵（外一章）｜林兆帆 ……098

逐梦
　　——致青春（外二章）｜黄宏欣 ……099

波密云杉｜李伟成 ……101

我家的"小客人"｜唐雪群 ……103

莲花山花儿会｜扎西才让 ……104

三峡恋曲｜张伟棠 ……105

坪地，我回来了（外二章）｜梦秋 ……106

婕｜秀实（香港） ……109

后海的月光（外一章）｜杨祥龙 ……110

或许同一天成为母亲｜许泽夫 ……111

翰嘎利湖｜郝子奇 ……112

辑二　碰撞的声音

她的梦是长脚的｜黄亚洲 ……115

为了远方的召唤｜唐德亮 ……116

用使命燃烧爱心，逆行｜王厚基 ……117

抗疫队长也有一份柔情 | 曾静 ……118
遮不住的春天 | 吴远团 ……119
我穿着白色防护服来到你身边 | 莫英蕾 ……121
我们，一直都在
　　——写在社区抗疫第一线 | 彭春荣 ……122
送君去一线 | 谭晓瑜 ……124
那一场浩荡的梦 | 天涯 ……125
这个春天 | 张晓林 ……126
南温泉之冬（选章）| 吴佳骏 ……128
逆行的医护，是美的代名词 | 汪志鑫 ……129
致海辞 | 刘合军 ……130
拒绝融化的冰 | 朝颜 ……132
春日历 | 棠棣 ……133
传奇之河
　　——塔里木河 | 孙重贵（香港）……134
惦记扁担 | 林延军 ……135
小于等于蓝 | 严正 ……136
被水淹没的记忆（节选）| 侯哥 ……138
沙滩女人 | 喻子涵 ……139
鸡蛋花树 | 朱东锷 ……140
致敬一朵云 | 丘海念 ……142
树林书 | 白炳安 ……143
孤独 | 刘向民 ……144
孔庙的傍晚 | 杨芳 ……145
樱桃谷的脚步声 | 张新平 ……146
一个人的自然 | 潘志远 ……147
龙潭夜色 | 温阜敏 ……148
独木桥 | 李成 ……149
贵州雷公山风云录（节选）| 宋晓杰 ……150
海洋人自白 | 沉沙 ……151
水之梦 | 蔡华建 ……152
在春天眨眼而过 | 牧风 ……153
红木：千岁之木，亿岁之魂 | 黄刚 ……154

生命｜剑均 ……156
走到屋外听蝉鸣｜李安淇 ……157
汶川风｜羊子 ……158
云和雾｜葛道吉 ……159
清水江记｜王琪 ……160
从一首古诗出发（选章）｜雨倾城 ……161
夜行磁器口｜徐庶 ……162
时间在说话｜徐福开 ……163
杂货铺｜王小忠 ……165
虾笼｜陈计会 ……166
苏醒｜香奴 ……167
岭头单丛｜雪漪 ……168
布尔津河｜支禄 ……169
黄河故道｜马东旭 ……170
陈磊：果敢的解释｜陈平军 ……171
卖菜的人｜苏启平 ……172
步步高：在西顶（选章）｜范恪劼 ……173
父亲的大地｜贾文华 ……175

辑三　起伏的音阶

家居资江河畔｜皇泯 ……177
走访岳麓书院｜王志清 ……178
心的呼唤｜王元 ……179
小巷｜莫独 ……181
光荣的滩涂（选章）｜刘慧娟 ……182
在故乡留根｜杨永可 ……183
老酒醉经年｜鲁本胜 ……184
宽恕｜花盛 ……185
沙湖之恋｜谭词发 ……186
栖息与膜拜｜陈泗伟 ……187
巡水记｜海叶 ……188
无怨｜陈其旭 ……189

大王树 | 张敏华 ……190

对一棵树的心语 | 刘俊科 ……191

香彩雀 | 王国华 ……192

给两只鸟命名 | 徐澄泉 ……193

戈壁滩 | 敬笃 ……194

父亲 | 栾纪曾 ……195

莱州湾，流动的沙 | 丛林嘟嘟 ……196

塔高寺 | 任俊国 ……197

菊花酒 | 阿垅 ……198

诺日朗瀑布 | 雁歌 ……199

海沙 | 周文兴 ……200

仙人掌 | 向天笑 ……200

甘家湖笔记（选章）| 如风 ……202

醉美华南植物园 | 曾新友 ……204

问药 | 张娜 ……205

一颗小豆芽 | 湖南锈才 ……206

秋风起时一滴泪 | 周伟 ……206

菊女 | 鲁橹 ……208

现在，我站在春风里 | 曼畅 ……209

马背上的海星星 | 唐朝 ……210

黄河故道落日 | 李志亮 ……211

古桥处 | 弦河 ……211

秋分 | 陈茂慧 ……212

苍鹰 | 苏建平 ……213

满秋 | 潘新日 ……214

苍鹰飞过高空 | 璎瑛 ……215

养蜂人：紧追春的足音（选章）| 倪俊宇 ……216

生活的信徒 | 张雷 ……217

这风景我曾梦中见过 | 彭云霞 ……218

大音希声宋代古琴 | 紫薇 ……219

行走的故乡 | 韩冰 ……220

马车行驶在有月光的路上 | 张毅 ……221

原野·即景 | 庞学杰 ……222

废墟｜张烨 ……223
无力｜金小杰 ……224
脊瓦：牧云的纸人｜雷黑子 ……225
芦苇｜王宏雷 ……226
裂隙｜张少恩 ……227
赛拉隆：鹰巡吐鲁坪｜梅里·雪 ……228
赤水河畔的红高粱｜陈劲松 ……229
影楼｜李曙白 ……230
黄昏｜赵目珍 ……231

辑四　网风的馨香

春日三幅｜李少君 ……233
时辰｜郑小琼 ……235
茶聚天宝阁｜钟子美（香港） ……236
异域的土地（选章）｜赵宏兴 ……237
珠穆朗玛｜王泽群 ……239
我们一直误会了秋风｜方文竹 ……241
生态｜饶远 ……242
走进一个汉字镜｜王舒漫 ……243
岁月｜李晓光 ……244
守住秋天的秘密｜冷先桥 ……245
"水兵记者"那年月｜陈建族 ……246
这一年｜巫国明 ……247
顽石开花｜甲骨文 ……248
微信同学群｜王爱红 ……249
我的梦｜许昭华（香港） ……250
花开即是丧失｜宫白云 ……251
你厮守着夜｜王明伦 ……252
石嘴山，等待一树花开｜李红旗 ……253
伫立普济桥上｜林进挺 ……254
中药｜苑筱玲 ……255
白河吟｜赵克红 ……256

看不见尘世的马｜赵亚东 ……257

火与土｜李振君 ……258

隔着山水饮白茶｜苗瑞霞 ……259

故乡的院落｜周魏新 ……260

愚公辞｜佘金鑫 ……261

善意，在石嘴山定格｜张利娟 ……262

秦砖汉瓦，遥远的星光｜李需 ……263

一个人的世界｜爱斐儿 ……264

一种精神气场，一种恢宏气势
——序《2020中国散文诗年选》

_陈惠琼

2020年，柯蓝先生诞辰100周年。其散文诗诗句"因为有了真诚，我的头从不低下，因为有了真诚，我的眼光从不躲闪。"至今回响。柯蓝精神成了广大散文诗文学爱好者的引路灯塔。

2020中国散文诗年选选本分四辑，分别是"大地的璀璨""碰撞的声音""起伏的音阶""网风的馨香"。

今年选本的散文诗各具特色，读起来不晦涩，同时，颇具审美的层次感。我们品尝了散文诗的愉悦，与文字的情韵一起搏动，能热切地体会到文字语调的流动感。

其中，辑二"碰撞的声音"，头一组抗疫散文诗冲击力强，作品充满丰盈的诗意和现代性，弥漫着一种精神气场，表现出一种恢宏的气势。这组抗疫散文诗关注现实，用质朴、细腻的文字，体现了人性中最闪耀最可贵的品质：爱、同情、悲悯。

此年年选，建构起当代散文诗的一种独特的美学向度，以真诚、感情的文字作基石，字里行间有着文学的朴素、温暖、深沉。

一种精神气场，怎么写？

著名作家黄亚洲在《她的梦是长脚的》中说："我写完这首小诗，眼泪也快流出来了。我想起了自己的女儿，也想起了很多人家的女儿。多少孩子为了赴国家的急难，给自己的梦，装上了脚。"

"她的梦是长脚的,因此,她能在梦里打开人生的速度:从隔离房奔到急诊室,从化验点奔到护士站,如一道雪白的穿梭的闪电,直到靠上一柱疲乏的门框,让黑夜抹去闪电。"

在疫情中,作者用笔记录感人的瞬间,想象医护人员"她的梦是长脚的",凸显姑娘张护士的崇高精神。这首情真急切的散文诗,采用大胆联想和想象的艺术手法,讴歌了抗疫一线医务人员以国家和人民利益为重、勇于奉献的精神。

一种恢宏的气势,怎么写?

应该去感应磅礴的想象,去锤炼崇高的意象,去点燃在场之火,去建构激昂壮阔的恢宏气势!

例如王厚基(医生家属)的《用使命燃烧爱心,逆行》。这首散文诗这样写到在钟南山团队的儿媳妇吴医生:"而你若然不怕,今夜,就在今夜,挺起你战士的脊梁,用护卫生命坚强之手,在请战书上把你的名字庄严签下。这并非命运的一场赌注,更不是一种哗众作秀的潇洒,一旦到了前线,你就知道,你有可能永远不能回家!你想好了吗?"

"今夜,就在今夜",连着用了两个"今夜",时间的紧迫感跃然纸上。"在请战书上把你的名字庄严签下"画面弥漫一种英雄气场。"这并非命运的一场赌注"是特殊情景下拉响的一个信号。"你有可能永远不能回家!"这一刻,凸显医护工作者的义无反顾。"你想好了吗?"作者没有给出答案,其深邃的含意让读者思考。这首散文诗给人以震撼和感动。

又如莫英蕾(医务人员)的《我穿着白色防护服来到你身边》:"我穿上白色防护服,与你肩并肩。只要你不放弃战斗,这圣洁的白色,就是我们亮剑的道道闪光,直刺毒魔阴险的目光,直至它们收起狰笑落荒而逃!那时我会脱下防护服,把你送回亲人的怀抱!"

……

本年度的散文诗多元多彩,散文诗打开了深邃的精神世界,而又字字珠玑、诗意盎然。

在现代科技的今天,生活发生了颠覆性改变,顺应时代的变化,传统的散文诗语言也有所突破。作家们思考着科技、商业、城市等所蕴含的时代新奥秘。有价值的写作应该与时代紧密相连,与时代彼此建构,循着时代向未来发展。

散文诗的写作要注重人的灵魂和情感，但同时也需要突破、超越传统陈腐、直白、教化的创作方式，与时俱进。

笔法夸张、炫情、矫揉造作，无节制，则易造成散文诗的不自然，现在的散文诗创作就存在这方面的不足。

经典的散文诗具有一些最古老的高超技艺，如波德莱尔（法国）的《巴黎的忧郁》，贝特朗（法国）的《夜之卡斯帕尔》，泰戈尔（印度）的《吉檀迦利》《飞鸟集》，屠格涅夫（俄罗斯）的《散文诗》（又译《爱之路》），纪伯伦（黎巴嫩）的《先知·沙与沫》，兰波（法国）的《地狱一季》，等等。

经多年发展，散文诗的独立性显著加强，这是散文诗成熟的标志，也是散文诗文体保持自我的前提。然而在本年选选稿时，读者来稿把"散文诗"与"诗的散文"这两个概念混淆，笼统地认成是散文诗。其实，"散文诗"是具有诗的内涵或者说是诗的灵魂。而"诗的散文"是带有诗意的散文，是不分行的散文。有些来稿就是"诗的散文"，而不是散文诗。同样，一些短章中的小诗，则是分行的"诗"亦当散文诗投来。散文诗比诗歌自由，诗是多变的语言，散文诗更是如此。但散文诗的语言还有自己独特的要求。只有厘清概念，才能避免将"散文""诗歌""散文诗"混为一谈。

新的时代，呼唤新的经典。我们期待，当下及未来的散文诗能成为人类文学艺术宝库中的一份珍贵存留。

2020 年 12 月

辑一　大地的璀璨

湄南。湄南。我异乡里的水之安澜……

_刘虔

　　湄南。湄南。远在南洋海角一隅的湄南。此刻,忽如电闪一瞬,穿过所有时光的云雾山嶂,在不曾碰触过你的我的心中竟突显着你的灿烂。

　　湄南。湄南。不为你的流水的娇美,不为那佛音缭绕的星夜,不为南风里吹送的橘香,不为你的街头黄昏落日的吟喃。从未踏进过你的门槛的我,此刻,我的心中却有着别样的亲昵与亲近,竟如海浪一波一波冲洗着离家久远的赤足,仿佛有了一些归家的温婉。

　　湄南。湄南。此生有缘。此生无憾。不为你的陌生。不为你的路远。只为我的兄弟子美诗家曾是你众多寄居者的一员,在你的屋檐下挥霍过青春生存的艰难,寻觅爱与美的天运,摆渡着生命里最最宝贵的两千个清晨之后紧紧连缀的深晚。

　　湄南。湄南。因有我的兄弟之念,我也依稀仿佛已然跟随子美走进你骄阳下的土地的问候,走进那散发着榴莲香息潮热炙手又窄又宽的那些大大小小的门槛。

湄南。湄南。我异乡里的一朵蔚蓝色的水之安澜……

(选自《散文诗人》2020年12月)

林芝之密

_ 王剑冰

一

很欣慰造物主在世界屋脊的地方，安排了一个林芝，一个波密。初听名字，会将林芝听成灵芝，将波密听成菠萝蜜。都是养人馋人的东西。

你看古错湖、易贡错湖那一个个叫错的蓝，被天空抱在怀里，你就知道，错在这里有着另一个美意。

圣洁在每一片草叶上发芽。云开出纷繁的花朵。水波中传出好听的歌唱。波密，一波一波的密码，自冰川时代泄出。

由此你知道先前浪费了太多的表情，本真的真实，在尘世之外。

二

我在这里看到蓝，大批量的无法言说的蓝，真真切切地布满大地与天空。那种上气不接下气的蓝，那种目瞪口呆的蓝。

你没有见过这种蓝，你就总是在向往中，在沉重的雾霾中，在闭锁的屋子里孤单。

我不能发视频,蓝不在信号中。我也不能打电话,我就是把蓝说得天花乱坠,电话那头也还是不能明白到底是怎样的蓝。

我恨不能把蓝收纳进一个容器,带回去让你看看,这色香味俱全的蓝。

总之就是,来到这个地方,我独自奢侈,独自陶醉,独自狂欢。

三

没有什么能阻挡住高山,阻挡住风雪,阻挡住仰望的目光。

没有更远的地方。在我来过之后,我就觉得,其实我也在远方。

远与远的亲近,永远都是灵魂的挣扎,与精神的渴望。

雷与闪电在远方奔走相告,山河忽明忽暗,冰川的烛泪滴过千年,卓玛的发辫,还是那么光鲜。提了河水的桶在她的背上,长长的一只袖子,垂在格桑花的上边。

这里的人说,遇见背水的姑娘是一种幸运。我有幸遇见你,央宗卓玛,你放大了草原。

鹰在天上飞翔,它将一大片暗影铺在地上。它不似在飞,是在雪山上滑下,又滑上。

都说鸟时常在迁徙,有的从遥远的西伯利亚,带着长长的疲劳,到云南享受爱情。

鹰却不需要,鹰属于这片蓝天,鹰的羽翅,已经有着冰川的冷厉与威严。

四

这里有如此多的冰川:卡钦冰川、则普冰川、若果冰川、古乡冰川,它们冰清玉洁,真可说是冰雪中的玉女。玉女中最为有名的,还数海拔 6800 米的米堆冰川。

米的水滴,一点点成熟,一点点凝结,凝结成如此晶莹如此丰厚如此高耸的一座米堆。

米可以喂养生命,米堆具有同样意义。它甚至比米的意义更加丰富,它可以喂养米,它是一切生命之源。在它的下面,那么多绿色在葳蕤,绿色环绕蓝色的湖与蓝色的歌声。波密就在其中成长,渐渐长成迷人的模样。

用米粒养大的江南,眼睛朝西仰望,云的那边,有一个故乡。

五

　　想不到，在这里能看到五彩斑斓的景观。白的是梨花，粉的是桃花，红的是杜鹃。还有墨绿的茶林、金黄的油菜。它们罗髻一般，一峰峰一片片点缀了藏南的春天。

　　于是看到了梯田，房屋的建造，也是梯形的。这样形成了气象，层层叠叠的气象，气象中还有辣椒与小麦、天麻与柴胡。

　　错落有致的生活，出现在雪峰冰川的美妙中。美妙中随便走进哪个屋门，都会有暖暖的酥油茶和糌粑。遇到节日，还会有青稞酒和哈达。

　　厚朴与真实，在梯田上年年生长，一直生长到今天。

　　孩子的眼睛同老人的眼睛同样深邃，含有原始的光泽。你在这里交出真诚，得到的是更多的真诚。

六

　　一片草场被点燃，被早晨的太阳点燃，被卓玛的炊烟点燃。

　　草原正在发育。整个波密变得丰满。卓玛挺着浑圆的腰身，提水，挤奶，打奶茶，为将要出生的小卓玛做衣裳。

　　卓玛从一个少女走进一个牧场，就一天天在开花，一座帐篷是卓玛的全部，帐篷里有俄桑的气味，还有浓浓的奶香。

　　每天的太阳都是新的，卓玛知道，该怎样将她的长辫子编得好看。

　　水晶晶花开在她的脚下，水晶晶花同卓玛一样，每时每刻，都为草原奉献着一分晶莹。

七

　　俄桑有一百头牦牛和一百只羊，他也有着百分百的旺盛的生命力。

　　最为骄傲的还不是这些，他最为骄傲的是每年赛马会上的狂放，纵马奔跑让他成为草原最剽悍的汉子，他为此赢得了许多赞赏的目光。

　　他从这目光中摘取一缕带走了，由此他知道，他所有的骄傲，都是为了那个叫卓玛的姑娘。

无论什么样的环境下，都有生命生长，不屈的生命，在珠穆朗玛脚下表现得更为突出。

有一个卓玛，俄桑知道，什么叫满足，什么叫无畏，什么叫伟大。

八

晚间的篝火成了热闹的中心。人们的热望开始燃烧。火焰熊熊，汉子们的袍袖掀成高天的雄鹰，女人们的发辫翻作奔放的细浪。

洪亮的粗吼和着尖细的嫩嗓，把人的心都喊碎，一个个一群群加入进去，就像一股暖湿气流沿着雅鲁藏布，进入帕隆藏布河与易贡藏布河，河水带着风恣肆地翻卷。

每个人都将真实的自己打开来，都将无邪的真情献出来，歪斜、歪斜，起伏、起伏，跳荡、跳荡，夹杂着呐喊和吼唱，夹杂着汗水和泪光……

你或许没有记住谁，或许谁也不认识你，这样你才放肆，你才释放。

高高的喜马拉雅，高高的念青唐古拉，在篝火的阴影里摇晃。

九

是你，把传说变成了现实。来之前，我还长期地陷在向往中。

信任了无数遍的天空和大地，怎么能是这个样子？从此知道，怀疑有时是有道理的。

我回去也会沾满一身的圣洁，你不用怀疑，我确实来到了天界，我现在满心披挂的，都是飞扬的哈达。

只有在这里，在一条路接上另一条路之后，才得以相信蓝色传奇，绿色传奇，银色传奇。

一切重新复苏，一切又回到体内，甚至变得孩子一样，变得人们不认得你，连你自己都不认得自己。

你已经不会做别的事，你只会发呆，发迷，神经兮兮，说着疯疯癫癫的呓语。

十

　　嘎朗村,是嘎朗王朝留下的一块宝石。

　　鲜花水草簇拥的嘎朗湖,现在成了黄鸭、黑顶鹤的王国,大雁以公主的姿态,显得矜持而含蓄。雪山和森林在湖中深藏,深藏的还有村庄及村庄前的藏女。云气绕湖而行,将无尽的清爽赠予远来的日子。

　　想象不到,嘎朗王宫曾在湖边矗立。有了嘎朗王朝与这美丽的所在,才悄悄诞生出一个值得夸耀的波密。

　　一部藏南的大书,林芝如是封面,波密便是扉页。

　　如果将林芝说成一个少女,波密就是这少女的一件佩饰。林芝喜欢这件佩饰,时不时地闪露一下。这样波密惹人,林芝也就惹人。

(选自《散文诗》2020 年 11 期)

小哥（外一章）

_耿林莽

　　"小哥,小哥",我用最亲切的声音唤你。
　　小哥,小哥,多漂亮的小伙!

　　新时代的白马王子,不是骑在马上而是驾着摩托,风驰电掣,满城里穿梭。
　　速度。速度也是美,是一种时代的风流。

"土豆烧熟了，再加牛肉。"

你把一盘盘美味佳肴，送到人家的餐桌。老人和孩子，喜笑颜开，垂涎欲滴。

你把一袋袋新鲜的水果，送到人家的门口，草莓，葡萄，或芒果。杨贵妃当年爱吃的岭南荔枝，一伸手便衔在了唇边。

你把什么递给了我呢？一摞新书，一封急盼中的快递邮件。这就已足够。

"谢谢你，小哥！"我说。

这一声谢谢，就能抵消你那岁月的辛劳，风里雨里的奔波，自晨至夕的汗流浃背么？

一朵隐约的微笑，掩盖了无限的辛酸。

唯在或一个夏日的黄昏，月上柳梢，你来到青青的芦苇丛畔，等候。如约而至的小妹，伸过来一只微微颤动的手。

紧紧地握住。握住这甜蜜的一瞬，一瞬即永恒。

（注：小哥，在南方一些地方，是人们对年轻男孩的称呼，意与"小伙子"相同。）

野草不野

野草的生命力，源自她的野，野草的美，也源自她的野。

野即随意，野即自由。山谷，河畔，田间，地头，小巷一角，井栏的边沿，都可以恣意生长，坦然地枯朽。

鲁迅将他的散文诗集命名为《野草》。他说："我自爱我的野草，但我嫌恶以野草作装饰的地面。"

而现在，野草正在装饰着城市的地面，欣然生长于街心公园狭窄的脊背。

野草不野，她的头发蓬蓬松松长高了的时候，割草机就开过来了。

嗡嗡然隆隆然，一遍遍从她们身上碾过，是为她们剪平修长的发，还是割掉那柔软的头？

疼么？

从不曾听见过一声嘤嘤的啼哭。

野草不野，早被驯服为规规矩矩服服帖帖的一族。

姿态，表情，身段，列队的士兵般整齐严肃，高度统一。

一切都为了高贵人类的文明体面，赏心悦目。

当贵夫人的高跟鞋从她们身上踩过，不野的野草感到非常欢喜，无比荣幸。

（选自《大沽河》2020 年第 3 期）

一个人的编年史

_王幅明

一

1949 年秋，中华人民共和国诞生 20 天，一个幼小生命，在远离唐河县城的虎龙王村，呱呱坠地。

从此，他有了终生的宿命：共和国同龄人。

诗人胡风说，时间开始了……

二

1950 年春，当过乞丐和佃户的父亲，有了新的身份：村长，区政府工作人员，县公安局干部……

他因父亲的身份，摇身一变为国家干部的子弟。

三

1965 年秋，身着工装，成为工人阶级的一分子。
走进山区，践行国家战略"备战备荒为人民"。

四

1972 年春，在伏牛山的南麓，一个工友为他写下赠诗：
为何厂里节日浓，五更锣鼓催人醒；山水歌唱欢送谁？推荐时代大学生。……

五

1974 年秋，一个大学生在中国共产党党旗下宣誓，从此，他有了终身不变的信仰。

六

1977 年秋，从未登过舞台，他竟然胆大包天，主演话剧《于无声处》，沉闷的山间响起惊雷。
1978 年秋，发表平生第一篇"豆腐块"，无意间开启人生的一次远航。

七

1979 年秋，是机遇垂青，还是巧逢机遇？
他由偏僻的工厂进入省会，成为一名文字编辑。

哦,这就是孔夫子所言"三十而立"?
三十年之后,他扪心自答,无愧于这个"立"字。

八

2011年夏,办完退休手续,如释重负,他把荣誉证书——封存。
王者归来,多年的梦想向他招手。
一个青春期结束了,另一个青春期,正式开始。

九

一切都会衰老,但时间不会,它将过往凝固,打通未来之门。
2019年秋,中华人民共和国迎来70华诞,同龄人进入古稀之年。
生命的音符像嘹亮的鸽哨,响彻蓝天。
青春,仍在继续。

(选自《星星·散文诗》2020年第6期)

通往拉萨的路(外二章)

_王宗仁

格尔木路口的路通向远方,远方是六月飘雪的天空,天空下是拉萨城,拉萨的阳光最丰盈。

路通到可可西里被截去了一半，那儿正修一条世界上最高的铁路。牧人赶着牦牛从工地上慌张地走过，藏羚羊仰起头安静地张望。

唐古拉生长着新的脊梁。

路上有一个姑娘，她像所有的姑娘一样正经受着爱情的折磨。但她不像所有的老人那样去磕长头祈祷，却只是站在山坡向远方瞭望。

远方不是拉萨，那个人在拉萨以南更远的地方。她真想在那男人身上挖个坑把自己埋了。

道路每天都在往前赶着，何处是终点？

路边新栽的一排树已经快枯了，有两棵树正抱头痛哭。我想，保护好每一棵树的安全，是每个人全力以赴的责任。

我打算沿着通往拉萨的路，上一趟喜马拉雅山。我知道那是个海拔最高的地方，那里不仅存放着拉萨的档案，也冷藏着整个青藏高原的百年史记。

精彩的村庄

前有草原，背靠雪山。一条清亮的小河从街心穿过，村庄成了雪水河一处精彩的身段。

被山收藏。
被水传颂。
看看公路上那些轮印吧——北通敦煌，南上拉萨。西接新疆，东去西宁。
村里外出打工的人把小村的名声，带到四面八方。

昨日的炊烟中留着今天的灰烬，明年的好日子也会有今年的故事。
夜灯下，老阿妈摇起织氆的古老纺车，缠着她对在外乡打工儿女的长长思念。
远处，夜行火车的汽笛把牧村还有纺车抬上了星空。

枣木手杖

格尔木郊外。

河畔的沙土里埋着一截树桩。它已经代表不了一棵树了。

枯树尸。

它也许是一棵酸枣树。很早很早的年代,有人把它戳进沙地。戈壁风很快就把它吹死了。

它就这样独自在格尔木郊外酸着。

身躯空了,头依然仰着。

一位老人在树桩下捡起一块石头,他说这是酸枣树生下的蛋。石头能开花。

还有另外一位老人,是他在50年前,把带着嫩芽的手拐插在格尔木河畔。他说,有一天我离开这个世界了,它会替我发言。

这位老人就是慕生忠将军。

正是他用这根手杖撑起了四千里青藏公路。

酸枣树独自在格尔木郊外酸着。它让人们思考、体味已经不存在的那个年代。

我来到格尔木,要寻找两棵树。

我希望在那棵已经不是树的树旁再长出一棵树来。因为我不愿只看到一棵树,第二棵树最好是老人的儿子或孙子栽种。

(注:慕生忠将军系修筑青藏公路的总指挥,人称"青藏公路之父"。)

(选自《散文诗人》2020年12月)

天地斗室

_西中扬

"天地斗室"是我的一方闲章。意为天地若斗室，斗室有天地。

"挟飞仙以遨游，抱明月而长终"是古人浪漫之语。而天人合一，确是中华民族古老哲学的精华。

天是大宇宙，人是小宇宙，所谓三才者天地人。人是通达天地的精灵，天地是濡养人的温床。

天上一颗星，地上一个人，固然是儿童语。但是移山填海、踏云奔月也非虚诞之事。

那种上至青云，下及海底，心雄万夫，马跃千里，早已为历史英雄豪杰所证实。现代科学更是把迈步天空，环游星际，视为实验室的终身课题。

但是，人又其小如蚁，平凡如草，蜗居、斗室、寒窑、洞穴都曾是人的生存空间。但是，《陋室铭》连皇帝溥仪都爱而仿作，《寒窑赋》成千古名篇。上海亭子间出了不少作家，炮火连天的战壕里培养许多诗人。斗室虽小，却束缚不了人的思想，困锁不住人的灵性。近者如诡谲的庚子年春天，人居斗室，其乐融融，既增加人间温暖，丰富情感交流，也无碍于思接千里，运筹帷幄的作为。

天地自有沙鸥，斗室何妨大鹏！

（选自《散文诗人》2020 年 12 月）

太阳之播

_邹岳汉

极力铺张，势若遮天。
狭促的乌云抖开它阔大阴暗潮湿的翼翅，
如掷出千柄锈断的长矛，猛地斩断太阳投向大海痴癫火辣的目光。
海上，那些年轻狂放恣肆的裸舞者顿时黯然失色，终至于身心俱疲般彻底地崩溃了。

太阳，奋然扶起那张古老而荣耀的犁杖，于畜群般涌动着前行的乌云脊背上，种植它无法排解的相思，一颗颗地，播下去！播下去！
播——下——去——
勇武的吆喝。明眸闪忽。
沃野千里。犁浪翻卷。一次生命的盛宴经久未歇，遂演绎为欲望的风雨征服的狂涛。
一颗颗金色的种子箭镞般倾泻而下，在大海颠颠战栗的乳峰上扎根，发芽……
齐天涌起的垄垄浩波间，一群葱脆疾骤的鸟鸣鸥翅，贴近水帘洞般满目琳琅、深沟巨壑般险象环生的涡流底部簌簌簌地掠过——
撞落浪开浪谢雪片纷飞的树树梨花，衔走阳光般灿烂辉煌的穗穗果实。

（选自《星星·散文诗》2020年第4期）

飞雪迎春

_杨志学

一

飞雪迎春是一个过程。

第一场雪像是打探,它只是在高空远远地望了望,让人在干燥中感受到了一丝湿意。那是它漫不经心的飘洒,落不到地面就融化了。这也喻示着寒冬还有些强大。

第二场雪算是较大规模的展开。从疏到密,先飘后旋,由近及远。飘落在苍茫辽阔的平原、草原、高山。这个时候,不仅是雪的天下,而且雪的力量还渗透到了地下,让人想到鲁迅诗句"寒凝大地发春华"。

第三场雪无疑是高潮来临了。长城内外大河上下,纷纷扬扬风雪交加。大雪覆盖了所有城乡和世间每个角落。但就在此时,你会惊喜地发现,茫茫中红梅一点,飞雪里柳叶萌芽。

二

飞雪迎春是一种意境。

意者,是天意也是人意;境者,大自然之物态境象也。天地间,雪成象,境生意。主客交融一体,酿就诗情画趣。

古代诗文里对飞雪迎春已多有描绘。当代一位伟人更将其发挥到极致,他以飞雪作为背景和起兴,烘托出寒梅傲雪的高贵品性——"俏也不争春,只把春来报"。

今天我们见雪,伴着飞雪读诗,感受到风云激荡,岁月变迁,品味着人生的美酒,生活的甘甜。

青山不老,我们正年轻。我们的诗情也随着漫天的雪花飞舞着。

我们在大雪中走进春天的意境,迎春的诗篇在漫天飞雪中一气呵成。

(选自《散文诗人》2020年12月)

感恩山林

_吕海沐

回忆只是对于过去?回忆也往往为未来增添无限的勇气,当我回忆起那山林中发生的种种往事时,心里就充满无限的感激。啊,我是一个从山林里走出来的少年,那常春藤一般曲曲折折的小路,系满了我的思念,多少日子,多少风雨,多少岁月,多少阳光,多少磨砺,多少山花,多少果实……在母亲的怀抱里,我也已成长为一棵树。我骄傲,我已成为山林中的一员,我为山林而生,也应为山林而死。此刻,我走在林间的高低不平的小路上,我的思绪突然回到那场战斗中去,那片国境线上的山林中……由于打穿插的突击队,行进得太快,与后续主力部队失去了联系,最终陷入了敌人包围之中,只好边打边退,转入一片山林,利用山岳丛林隐蔽自己,与敌周旋,粮食吃光了,战士们就采集林中的野果,像野栗子、山木瓜、油柑子等充饥,用山泉水解渴。在山林的掩护下,我们与敌人苦战了三个日夜,配合后续部队消灭了敌人……今天,当我感恩山林的时候,不仅要感恩山林是我们人类诞生的摇篮,更要感恩他对我们的庇护和养育。在战争岁月中,他的怀抱就是我们母亲的怀抱,安全、可靠；我们还要感恩在和平时代，他给予我们种种的恩赐和欢乐。那一片绿色是人类生存和延续的保护色……我的人生起始于山林，辉煌于山林，当然也会归宿于山林，我愿意……

（选自《散文诗人》2020年12月）

关于可能性

_ 周庆荣

"啪"的一声。声音传到远处你的耳朵里。这意味着你不在现场。虚拟或者真实，允许你结合自己的生活经验，描摹出真相。举例：你手捧西瓜，西瓜滑落在石板路上。红色的内容，甜蜜的内容，仿佛黑色的西瓜籽果断的叹息。你确实想到几种可能：被侮辱与被损害的人，用手掌做出的回答；气球对于气体的荷载超出了包装材料的承受值，响声之后，结果是干瘪的；每个人都要开始奔跑，因为发令枪已响。可能会气喘吁吁，但不能轻易成为掉队的人；乌云裂开的声音，彩虹是眼中的信号弹。坚持什么，争取什么，一定要做一个心里有数的人。

关于可能性，我想起五十年前的一个清晨。我的爷爷，甩动手里的长鞭，空气爆破。然后，黄牛牵着犁铧，新土里将长出新一茬庄稼。

（选自《诗潮》2020年第9期）

下雪时就回家

_张宇航

曾经，我答应了巴尔虎草原的其其格姑娘，下雪时就回家。

也许，是我深爱着这片草原；也许，是我深爱着这条莫勒格尔河；也许，是我深爱着这处宁静的家园。总之，在秋天的金黄中，我打算，下雪时就回家。

南方那个温暖的冬季，让人忘却了严寒的滋味，远离巴尔虎草原的我，日复一日为生活奔波。直到有一天，手机中出现了其其格的短信：草原下了一场大雪，怎么不见你，你说过，下雪就回家！才猛然记起，巴尔虎有我的牵挂，也有她的牵挂。

盛夏的草原，晶莹翠绿；深秋的草原，满目金黄；隆冬的草原，洁白无瑕。冰天雪地里，有温暖的毡房、滚烫的奶茶。夏日，我浸润了莫勒格尔的河水；秋夜，我陶醉在金帐汗蒙古大营；冬晨，我应该绕着敖包转上三圈。可是我终于未能赶在下雪时回家，再会其其格姑娘，再会蒙古族兄弟满都拉……

实在对不起，其其格姑娘。实在对不起，巴尔虎草原。来年，来年下雪的时候，我一定回家。

（选自《散文诗人》2020 年 12 月）

午门：颂朔

_龚学敏

天气就这样定下来了。一双若隐若现的手，穿行在那些姓氏不同的大地和念想一致的心灵之间。如同云天中的鹤，和水中汉白玉的鸳鸯。

所有的日子都被整齐地装订在黄色封面的书册中。一棵只能用空旷来叙述的大树坐楠木抽象的椅子中央，让遍地可以和云一样行走的草，无法生长出空旷之外。

谁是她们的水，和盛水的器皿，以及一些新鲜的传说。

门，一旦洞开。铺天而来的是朝霞们景象中红色的极致。

其实，城墙上那些冰凉的红，正在浸透，广场的脚印中那些隐姓埋名的血液。让他们天色一样地寂静下来。

让他们仰望那只透明的鸡，并且，用祖传的鸣叫走动，步履们，慢且轻地滞留在黄金的钟声里。然后，一味地消失。

然后，用仅存的一袭身影，一袭来自天际，已经无法分清天和水的那一抹红，一动不动，成为影子自己的影子。

直到城门，洞开。

直到广场上铺张的石头，从中可以长出的草，伸进已是纸一样恍惚和泛白的念想。

然后，用想象的血精心制作的纸，城墙一样开始红了。

然后，用就要凝滞的血打造而成的马车，在无法再远的远方，开始走动了。

黎明的红，穿过市井小巷卖浆者遍地的名字，霞一样红的那盏灯了。

就这么，把今后的日子送出去了。让他们一日日认真地活着。
一声咳嗽，被硕大的衣袖，城门一样漫长的洞，放大成一些雨，一些露，一些抹不去的雷霆。

就这么，把日子捧在了手中。开花的日子就在书中遍种芍药。
娶妻的日子，就让花轿芬芳四邻，然后在，在书隐秘的角落点上红烛。

……城门合上了。与洞开相反的方向和思考，在一双若隐若现的手中，开始制作新的日子。

（选自《散文诗人》2020年12月）

韩家荡的荷花

_灵焚

季节开始下垂。立秋还在路上，隔着今晚的夜色。

今晚，我从韩家荡路过。想起某诗人曾经仰望着哈尔盖的星空，任凭"群星的亿万只脚"，把栖身的屋顶"踩成祭坛"。

这里不是圣域高原，也没有一座火车站连接没有终点的远方。
我、天荷园、荷塘栈道、碧叶暗香、参差夜色，还有夜色之上高高的神明……

究竟是什么让我企图寻找什么？

同样有七八个星散落天外。没有山峦的参照，苏北滩涂的"两三点雨"，滑倒在莲叶上无法站立。

没有稻花香，此时的蛙声也被人删除。也许此时，白露、秋风还早，青房晚节尚不堪忧。然而，七月流火，秋之将至。

入秋，"不堪翠减红销际，更在江清月冷中"，元人刘因的提醒谁能省略？星移斗转，此行的韩家荡，正在成为此生的内容。

那么，七月，我的文字在祭奠什么？能为谁招魂？

七月流火，这是季节的审判。
路过韩家荡，我来自远方，将再走向远方。

（选自《灌河文学》2020年5月29日）

粤剧艺术博物馆（外一章）

_陈惠琼

踏红线女旧居，展翅出生地荔枝湾，访粤剧艺术博物馆。

清晨，构成世界西关底蕴的中国园林式博物馆——没有围墙的博物馆伫立百年历史的恩宁路。

我仰望岭南风格，水乡特色建筑群。为什么具气韵视觉特征？

移步换景，我仿如古建筑里游走，仿如置身明清。有幸跨越时空的当代对话中。悠然眼中的神秘：粤剧粤曲、荔枝湾、红腔，还有广东文明的轨迹……

数百年历史的地方戏剧种——粤剧，一种神奇的蕴藏。

太多。

是无尽的以某种方式存在……

一大剧种，一大瑰宝。

历史传说、民俗民风交叠。并无限拓宽，撩拨无穷，博物馆才有这一幕的登场。

博物馆永恒的命运交织粤剧名伶，我的偶像红线女大师、马师曾大师……博物馆里种种色彩挤挨着，许多不同的花旦，缠绵的表演戏服、纠缠的表演乐器和道具及其刀剑。

打开粤剧，县、城、镇、埠头与粤剧之间纽带，精神家园渡桥。蓦地，岭南血脉种种基因吗？粤剧炽热。

哦，流连古老绵延不绝的时间之河。进入眼帘的博物馆建筑上的剧目浮雕，粤剧印记，迷离充满神话。

主展馆的欣赏：红豆主题，高高悬挂照片，89岁的红线女一代宗师、红派创始人。粤剧史上花旦，为中华不朽之丰碑。

唱吧，在红线女住过的西关。在西关粤剧名伶的聚居地，不同寻常的白雪仙、白玉荣、罗品超在西关里同唱，西关已是故乡。带有全球华人目光加以注视的"粤剧五大名伶""私伙局""沙龙""木棚"……

就仿佛走进了一幅工笔画。

眺望南北两岸，粤剧演艺延伸园林、茶楼空间，仍延伸小舟、龙舟至水面……

无遮无拦，时空转换至红船时代，5米长的红木精雕细琢的红船，船上的舱景，凸显灯红酒绿的光影模拟。

与生俱来的粤剧缘，熟知博物馆身后荔湾公园百花烂漫、碧野葱茏，内涵是一派岭南的本色，岭南的园林、亭台楼阁……

不足200米处的八和会馆，荔湾涌边，榕树之下至今仍唱响粤剧。

广州完整的旧城空间格局，粤剧艺术的重要发源地。

记住。只要有粤语华人，就有粤剧曲艺的演绎，而老倌们都会各自钻研粤剧并发展自己的唱腔。千年商都转身至今。荔枝湾畔，红船魅影，查笃笃……锵大戏开锣！

这里，只有眼中世界变大。

（注：2018年10月24日下午，习近平同志来到广州西关走进粤剧艺术博

物馆品味"南国红豆"。)

红线女旧居

偶然昂首向华侨新村走,要拐入就是友爱路,二层半的小洋楼,数字为20号。

恰好圆圆的太阳,会打中门牌?

恰好目光移向门前白玉兰?

冥冥之中。

场感应是情感的细碎,对?

1956年,红线女就亲手栽种白玉兰树,更像她喜欢自然的小花园,几棵果树,早晚一起练唱的鸟。

花香鸟语。

不时透过门缝,潜入小客厅,沙发最先出场的粉红。

开放日我来访。

有人说,曾经国外的万水千山,任其过眼云烟。只为一世粤剧的她,从此唯守练唱房。近九十唱出红腔的一帜,已是岭南之旦。

蓦地,红腔弥漫着我,亦浓亦妆,我一次一次练唱《分飞燕》。一首一首被泪水所浸湿。

二楼的练唱房,悠然《红豆生南国》的歌声,曾经荡漾于粤港澳。而服装间是谁突出她2013年演唱《荔枝颂》时穿的红色裙褂?而会客室照片的数量,足以证明花旦足迹的神奇,代表着艺术旦角的崇高。而厅中盘旋而上的梯级围绕居所升级……

是的,来人更直观感受这里曾是粤剧名伶,授传红腔,专注练功、创作炽热之所。是的,我已经感受到我有想唱粤剧的冲动。

围坐,红腔在这聚首。

更有小花园的枝繁叶茂。

更有身体为红所焚。

更有时间揉出声音。

红腔之声音,回响壁间,落在来人的嘴里,落在来人心长的耳朵里。

公众开放日,粤剧打开自己,三楼书画房驻足粤剧大师驿站的感觉!观摩她亲手写的壁挂书法《红豆南国》,观摩之间已注入曲艺。又踱至小书房,掂掂《粤剧大辞典》的重量,翻翻站立书柜边角的书,翻翻书台上的曲目。

想必这里缭绕读者的热焰。

想必这里小院上空升起的太阳,太阳是奖赏终身奖的粤剧金牌艺术花旦。

旧居述说着她的毕生。毕生创作的红腔是她神圣灵魂的体现,"甜、脆、圆、润、娇、水"的风格,婉约之中带有悲壮。

……

任凭世界翻天覆地,旧居与日月依然同辉。红色都长进了旧居的身子。

(注:周恩来总理曾到红线女旧居,关注粤剧《南国生红豆》。)

(选自《青岛文学》2020 年 12 月)

听从自己内心的声音

_姚园

一

忽然想吃芝麻糊,立即从橱柜取出前几日网购的黑芝麻,随心所欲倒出一些,让其散落于锅中,在不温不火里香气四溢。

然后请出破壁机(Blender),加几许滋生万物的清水等,借一个指尖的力度,按下慢打键,随之而来的轰鸣,加快了它们难分彼此的步伐。

再让它们徐徐流入一口小锅,等待其沸腾之时,我去院子剪了一枝玫瑰,那是另一朵火焰,在时光深处秘而不宣。

二

  做面包不难，难得的是有挽起袖子去付诸行动的心情。

  谁能使自己心情终年碧绿？

  经年前我写"心情是日子的晴雨表"时，外面的世界好像还风平浪静，如今窗外不断潮起的走向，是潮落吧？

  无论外面的世界如何不堪，听从自己内心的声音，那朵不染纤尘的莲吧……

（选自《作家报》2020年8月28日）

香炉湾絮语《果实》（节选）

_钟建平

1

花朵在风雨中奔跑的方向
澎湃青春打上完美的句号

枝头挂满成熟圆满的果实
思绪每刻渴望抵达的地方

这生只能知道极少的秘密

一些事物经历时间的打磨

绝大多数的事物不能选择
这个春天不得不放下任性

你转过身来看见自己影子
阳光像一面镜子说出真相

思绪停泊在一个冬天水湄
浪花遏制不住在四处飞扬

2

我接受所有荒谬性的存在
寻找通往真理的全部可能

阳光从每个角度倾泻而下
我准备足够的孤独与荒芜

无法说出当下每一刻感受
文字记录的事件成为历史

这一生也走不出浓郁乡愁
承认自己的脆弱并不羞愧

阳台上种植的花朵如星辰
浩瀚的天空犹如肥沃草原

春天里仍然感到一种疼痛
想证明那些生命曾经来过

3

所有经过都不会简单重复
犹如似曾相识的前世今生

虚无思想充满纯粹和透明
蕴藏种种不可言说的象征

这个庚子清明山川更寂寞
就好像上帝抛弃人间草木

这么多熟识人变成陌生人
倾盆雨也洗不净人性丑恶

一场没有刀光剑影的杀戮
心甘情愿把黑暗还给黑暗

一只蝙蝠可改变这个世界
比锋利的刀刃更具有力量

4

我们只是时光中一群候鸟
多少事物黑白间渐行渐远

并不是所有花开都会结果
思绪不由走进这破败庭院

春天好不好不在乎你感觉
天地间万物都在循序渐进

世界没有永恒不朽的真理
众多事物被常识重新命名

贪婪和傲慢种植尘世悲伤
在以不可遏制的速度生长

物种灭绝的脚步还在加速
我带着每一枚斧头在忏悔

5

鼓吹是自由与民主的楷模
向世界撒下一个弥天大谎

意象不断死亡又不断新生
一次次俯伏聆听菩提偈语

这一刻我以沉默代替行吟
相信每枚果实都经历悲欢

每一朵花儿不仅为我妩媚
像这个季节雨水擦亮天空

推开窗子触碰到咫尺夜色
往日丰腴水湄清瘦了许多

万物荣枯中更替生命密码
一些在改变一些原封不动

6

窗外已是艳阳高照四月天

油菜花又摇曳在漫山遍野

青春嫩绿漾出淡淡的鹅黄
这一生中留下最美的时光

目光翻过矮墙眺望着远方
如那些柔软和坚韧的藤蔓

某些疼痛在千万遍地重复
像无数飘落的羽毛和花瓣

一次次端详这些温良事物
油然泛起对母亲深深怀念

已经无法打开沉重的镣铐
思绪飞过高低起伏的山峦

7

雨水浇灌大地蓬勃的万物
摁不住心中起伏跌宕波澜

所有事物都老了你还年轻
我已把赞美如数交给水湄

一生中经历多少荒诞世事
知道另一半的我在影子里

摒弃所有生命多余的包袱
把湛蓝和澄澈归还给天空

揭露生命隐藏的所有秘密
再次摇动人间一幕幕场景

四月的春风不再急于表白
所有的遇见都是恰逢其时

8

惭愧不能深切体会你不幸
最可怕的是可否还有明天

每一棵草木都怀慈悲之心
毋忘大地和天空养育之恩

古诗词里浩荡着缠绵岁月
清明的雨水足够盛满眼眸

惊恐数字伴随新一天黎明
神祇却俯视苦难肆虐人间

四月的阳光依然明媚灿烂
众多事物纷纷在打开自己

贪婪和无知结出这枚果实
黑暗遮住了所有人的脸孔

9

一些梦想 N 年前已经种植
乐见她们将要开花和结果

以后只想把日子过得安静
筑建缭绕繁花嘉树的家园

原谅这个世界但决不屈膝
绝不能重复百年耻辱历史

花一样妖娆盛放在陶罐里
封存一种家国情怀的记忆

过早飘落花瓣随流水而去
每一刻都在经历生死离别

大海的浪涛如千万匹骏马
随风长啸一声声腾空而起

(选自《湛江科技报》南国散文诗2020年10月26日)

科尔沁四重奏

_ 柳成荫

牧归

"勒——勒!"吆喝声远远传来,点燃了奈曼的黄昏。

柳林用光影奏响夕阳之曲,暮归的牛群踩响了快乐的节拍。

呵,诚实的舞蹈者啊,飞扬的尘土似乎渲染着飞扬的情感!

"勒——勒!""勒——勒!"羽调高转,回声荡漾。那高亢的声音里,流淌着牧者的安康与愉悦。

哦,神奇的奈曼牧歌,远远倾听的一双眼眸,涌出暖暖的泪花。

孝庄园之夜

神秘的花吐古拉镇，独坐暮色深处。

牌坊，翘檐，脊兽，画廊，连同泛黄的史册，借着霓光，述说一段由达尔罕亲王府走向孝庄故里的荣光与故事。

四百年坍废建修，四百年兴衰荣耻，如烟似幻，而又如此沉重。

篝火热烈，安代欢快，赞歌悠扬，却已不似旧时模样。

孝庄园的夜晚，更适合于沉思。寻找历史的双眼，观照未来的路途。

乃林河

乃林河，亘古流淌的蒙古文。

九曲十八弯，小试一章旖旎而又神秘的诗行。

难道你本来就是行吟万年的诗人，抑或是道行深厚的书家？

是的，潺潺清流是绵绵不绝的奇思妙想，漫漫游牧是度量万里的鸿篇巨制。

乃林河，一个斑斓在北方的梦想。

霍林河之冬

四季的骸骨，化为霍林河的灵魂。

洁白的灵魂，总给人以寒冷的想象。

放弃张扬与躁动，修炼为静，那是筚路蓝缕后的内敛。

凝固的跌宕起伏，那是霍林河曾经的舞姿与留言。

轻轻触摸，寒冷中仿佛听见，祖母在经堂虔诚的诵唱。

（选自《散文诗人》2020 年 12 月）

海岛戎衣　英气千重
——致长岛海岛部队

_ 蔡丽双（香港）

沐着日晖，浴着海色，裁波剪波，来到长岛县海岛，目睹海防战士年年岁岁、日日夜夜的驻守，在大大小小的三十二个海岛上，衍生着不平凡的守岛传奇，成为英雄岛。

金戈鸣海岛，铁甲卫社稷。迷彩艳妍繁花，青春报国挥汗血，换取鲜红军旗猎猎飘扬。海防战士们张弓意志坚，横剑雄心高雄万丈，胸中奔涌着滚滚东海浪。我们千里送书，呈上精神食粮。心潮如大海的波涛，拍岸卷起千堆雪。

天地茫茫，你们昼守海岛夜枕戈，戍守海防志巍峨。哨所镶嵌星光耀，心中高唱嘹亮的军歌。人生最美是花季，你们青春绚丽如彩霞！

风风雨雨，你们驻守于海岛，风雷激荡岿然不动，站成人民心目中的表率。每一位将士，都是我们的光荣。你们背靠祖国强大的后盾，放目滔滔沧海浪，心中的信念，永远屹立于英雄的海岛。

大爱浩浩，你们横枪握剑护花开，敢把兜鍪扫虐埃。英雄不负苍生愿，颂歌滔涌兵营来。我们军民深情如鱼水，拥军爱民是心声！

在祖国辽阔的版图上，你们是保家卫国的参天大树，你们的使命与人民的命运紧紧绾系。你们的许国青春，烙印在时代的年轮上；你们的满腔热血，辉映着祖国的美好未来！

英雄的将士，你们心如圣洁的玉壶冰，晶莹透彻；你们情似潋滟的东海波涛，浩瀚旷达；你们的意志，坚韧像海岸的礁岩，经风纬雨、历冰履雪，永远屹立，挺拔凌霄！

岁月悠悠，海岛的将士啊，你们站岗朝染满身霞，挺立着威武的雄姿，镇守海岛。你们甘沐风霜雨雪，让军帽上的军徽，闪烁着照亮灵魂的光芒。你们啊，你们就是顶天立地的英雄汉！

（选自《香港文艺报》2020 年 6 月总第 67 期）

在五台山女子佛学院

_ 宓月

跨过一道门槛,喧嚣已被完全地留在了外面。

天地安静下来。一起安静下来的,还有那颗浮躁的心。

芜杂散去了,只留下空,等待阳光干干净净地照进来,等待目光再次变得清澈,能映出众生所有的脸。

用心聆听《摩诃般若波罗蜜多心经》,让尘埃低下头,让阳光舞动起来。

抛开肉身的沉重,解脱俗世的缠绕,让灵魂与万物相通相融——这不是绝望,不是遁世,只是走向内心的静,走向另一个更加广阔的世界。

可我,仅仅是一位访客。

不用转过脸,向外面的世界遥望。悄悄落下的泪珠,正是那割舍不去的红尘眷恋——深爱的人还在那里,倘若他不转身离去,如何能让内心涌动的风暴停歇!

我无法倾倒出所有的辎重。蒲团上,虔诚的叩拜依然是在为儿女情长寻求庇护。

也曾想,在某一个夜晚,独自走向山冈,与诸神对坐,从此不再为一轮明月而黯然神伤。

天地之间,那个疲惫的旅人,早已从人群中走失。

可他还在赶路,他是去朝拜他心中的神?

多想为自己找一个皈依之处,怀揣经卷,步履从容。

可我不知道我的神在哪里。

走出普贤寺的大门,依然是车喧人闹。也许,红尘不需要太多的静思,也不需要空出心灵去种一棵菩提树。

而我，还得好好地爱下去，直到尽头。

（选自《散文诗人》2020 年 12 月）

落在你脸上的每一滴光尘都是回归

_唐朝晖

"你已来到无涯际的空旷，界限已被取消，界限不再存在。"

彭燕郊发现了"混沌"，无论是梦里还是幻想中，昨天很远的叹息和发霉的日子已经过去，记忆存活在曾经居住过的房舍周围，树已经砍伐过半，草终究还是盖过了黄土的色泽。界限曾如此牢不可破地竖在人与人、人与事之间，人自身的界限正把人的每一部分端放在物质的界限里。经历了万千劫难以后，公元 1986 年的某天早晨，彭燕郊依旧起来很早，院子比以往更加安静，临近中午，他突然发现自己临境于界限消失的空茫之地——混沌之地。

"人的悠远的憧憬是凌空。"

彭燕郊终于在千万语言中为我找到了一个词语，词语浮游在混沌里："凌空"——美妙的花香清幽起落，没有负重的思虑和痛苦。"凌空"的状态是心灵飞翔的饱满。

"落在你脸上的每一滴光尘都是回归。"

毫无疑问，回归就是我们所到之处的所有处所，回归的心情没有漂移，此地与彼地的差别在光线的普照下毫无二致。他声音质朴地装点着我所到之处的每一空间，华美的线条，回旋起伏于所有花草树木丛林，思念他处的残质都已不存。出生的故土与熟悉的口音在另一面镜子里成像，每一个思绪里生发出来的水雾都是家和故乡，回归的歌谣清闲地唱响每一朵高贵的野花。

（注：作者散文诗纪念 2020 年 9 月彭燕郊先生诞辰一百周年。）

（选自《散文诗》2020 年 9 月）

爱情

_夏寒

秋天的爱情隧道

秋天。绵软，在轨道上孕育深情。

隧道两旁那些落叶，是春天的语言长出的情愫。

落叶的纹路，在叶片之外构思的远方，在我的脚下膨胀成感叹。从枝头突围的渴望，是生态弥散的静谧吐露的幽香。

我行走在枕木上，寻觅幽静，有些具象的私语倾泻，在落叶上制造的风声，是脚印让我隐忍的想象。

铁轨两旁，密集的灌木丛林，在狭窄的语境里摇曳爱，也摇曳情。两边的树枝，将头紧密相依，搭成爱的天堂，洞开一条缝隙。

拈一缕香，扇动我的意念去追寻。

爱的信仰，并肩沿着轨道前行，长出了漫无边际的深情。

冬季爱情隧道

冬季，幽静的傍晚。

我等来了风,从此过境,涂鸦你的浅笑。

　　岁月滞留的记忆,在搀扶着我鼓胀的情思。此刻,风抚摸着落叶,在荡开的辽阔中,不知如何表达心声。

　　爱情隧道两旁,是红尘外延的路口,我们的心靠得很近很近,一泻千里的柔情,握住隧道抖落的每个细节。

　　我牵起你的手,只在轨道之内一步步前行。在绿色通道里,用我的眸子勾画你的容颜。

　　外界的喧嚣,被我的视线羽化。

　　一场冬雨,淅淅沥沥,淘尽青春,在暮色中抚慰梦境。

　　夜色,掩不住我宇宙的光明。

(选自《意文》2020年第1期)

青花瓷
——华丽的注脚(外二章)

_莫鸣小猪

一

　　故宫,青瓷,静态的花朵。

　　一种物是人非的悲哀,自根部以来。

　　唯一的,有一种泥土,修改了它原本的物理属性。

　　时间像风一样飞过,盘旋在我们的头顶。

　　以鸦雀的啼叫为代表,我在瓷的身上看到了崇祯的气质。

二

泥巴，窑火，工匠的脸。
它，来自烈焰的舞蹈。
瓷器，宫殿，帝王，生命的周期。
推敲不完的细节，鲜花般盛开。
我们依稀从它的脸上读懂过悲伤。
如果你对旧时滋生了悬念，如果你被未知的神秘所蛊惑。
那样一种敬畏的情感，那样一个朝代的胎记。
肤色一样：遗传，繁殖！
青花，瓷。
青花瓷！
一个华丽的注脚。

三

瓷，一个最具质感和光泽的名词。
火，照亮过许多人的脸。
青瓷，照亮过朝代。
那些光怪陆离的历史，那些屈辱荣耀过的姓名性别，总是不期然地以碎片昭示。它们！温润或冰凉的手感，与今朝的我们肌肤相亲。
我们的国家，被"瓷器"命名。

《与黄昏书》 之黄昏的意象群

一

入秋后，黄昏是昏昏沉沉的。

日子变短，它的轮廓开始清晰。

想起一句：五十，而知天命。

当我从小镇的路上靠近它的侧面，我和我驾驶的车子，像是一只蜻蜓，撞进秋天的布景。

电台的男中音夹杂着班得瑞的轻音乐：吹偏北风，20℃～24℃。我在匀速的前行中想一个人，所有的树木都在低头。

想起在冬天，在车窗里呵着热气：画画画！

然后用右手的食指写下狂草的签名。

视野中：每一位行人，每一台车，都在一阵风里暧昧地入画。

背景上：伞如桃花，入眼。

人面，相映。

红，入心。

二

立秋，阳光树叶般稠密。

黄昏的意象群，恍如纤细的光影中。

一场随时落下的杏花雨：纷纷扬扬。

河的对岸：水波眨着眼，粼粼地唱。

那些荒芜的短句，那些过往的鞋子。

连同你埋下的伏笔，仿如一匹小鹿，在时光的草丛中探头微笑。

你吸烟的模样，形如叼着雪茄的深褐色狐狸。

你的内心在揣测，或是窥探。

我的瘦弱的小灵魂，如同光阴的森林中迷路的小兽。

我，我们！

充满了未知和迷惘，不断远离生活的本真。

仿如可怜的虫子脱离了本质的状态悬浮于风中。

三

秋天，变异为柔软的虫鸣。
黄昏，是甜蜜腻人的果脯。
我像是馋嘴的小猴，趴在果核上吮指头。
我自由了，像斑斓的风筝断了线。
从冗长绕口而绵密的心事中起飞。
落叶般金黄的蝉子，已经殆尽。
悔意像是菊花，生出无辜的眼神。
在黄昏的尽头，睡意蒙眬了么？
模仿一只卑微的蚂蚁吧，简单睡眠。
在一场梦里，你会抵达天堂。
尾随而来的一只黑色小犬，遛着我们去散步。

故居·吾之乡土

一

雨，吻着鱼。
雨，让村庄变得疲惫而忧伤。
田野空旷，静而美。
大片大片的谷物，躺在父亲粗糙的掌心。
一些叫不出名字的野草，跃然纸上。
那是中药柜上秀丽的楷书。
而故园，是一场梦。
她永远在身后，像一条温柔而执拗的小狗，追着你咬。

二

我看到一片蓝，天空之下的湖。
它的颜色是意识形态，适度的自尊。
摄影的减法，文学的加法。
所有华丽的修辞，最终的指向其实是回归。
简洁之美，凭空而来。

花草树木，鸟兽鱼虫。
我们的乡村，没有化学的词根。
玻璃管的秘密，在实验室里跃跃欲试。
始终无法改写它本真的基因。

三

那些媳妇，那些婆婆是同一个人。
孩子长大，她们变老。
我们变老，她们离去。
一些乡音，在常识之外，无法翻译为文字。
炊烟的气息，被我们习惯。
岁月，积聚着痛楚或快乐，在下一个春天醒来。
蓝，是乡村的颜色，渗入我皮肤的深处。
竹椅、小窗、茶壶、猫猫。
它们：彼此倾听，默契。
它们：吾之乡土。

（选自《大沽河》2020年12月）

阿拉山口

_罗铭恩

阿拉山口，一个历练生命的风谷。边关因你而壮丽，梦想因你而闪光。

一

　　新疆的阿拉山口，任性而神奇，率直而豪放。它生长在亚欧大陆的腹部，距离世界四个大洋最远最远。一条险峻的山岭，被大自然的利刃拦腰切断，山口像喇叭口形向哈萨克斯坦方向敞开。啊，它是中哈边界上的一座风向标。

　　风，摇晃着苍穹；云，收藏起日月。山口储藏着中国最大的风力，风中掩埋着四季的风景。从那神秘的山口放眼远眺，前面是一眼望不到边的狭长谷地，空旷、苍茫、狂暴、凛冽。啊，不到新疆不知道中国有多大，不到阿拉山口不知道风有多狂。

　　大风刮走了阳光，大风刮走了月亮，大风把牛羊吹出了国门。夏季飞沙走石，冬天风雪铺天盖地。那一年的一场暴风雪，一瞬间将数千头牲畜刮出了国境线。

二

　　风沙雪雨即使再狂，也无法掩埋阿拉山口的梦想。

　　踌躇满志的新疆儿女，心潮比风力更加迅猛。山口地带种上了胡杨树的千年梦想，也种上了千年不倒的倔强。而那积聚了日月精华的风力发电站，则源源不断为边疆输送着温馨与光明。悠长的边境贸易通道呀，正在山口南北的时空上穿越。

　　崭新的阿拉山口市，成为中国向西开放的新兴边境口岸城市，成为动力充足的外向型经济引擎。瞧，兰新铁路北疆段与哈萨克斯坦的吐西铁路，早已在阿拉山口与德鲁日巴口岸接轨，架起一条横跨亚欧大陆的经济陆桥。这条桥，将把阿拉山口的梦想延伸得更远更远。

　　啊，列车把时光装进车厢，车轮碾碎了追风；在这风沙肆虐的地带，又重现了四季的风景，又走来了花样的年华。

三

　　冬天在山口里缩着身子，春天在风刀下瑟瑟发抖。唯有战士愿与风雪做伴。

敬礼，阿拉山口的边境哨卡；敬礼，守卫国门的边防官兵。屹立的哨卡，像一座丰碑，与日月同辉。哨卡上的国旗，高扬着中国的尊严；旁边的松树，向友好的邻国招手。

哨卡侧面的一块巨石，巍然矗立在高台上，上面赫然刻印着两行刚劲雄浑的字迹："铁心向党，忠诚守边。"这句掷地有声的誓言，在巨石上迸发成一首嘹亮的军歌。这炼石上的军歌誓词呀，唤醒了漫长的边境线，唱晴了风雪交加的山谷。

精神抖擞的战士，轮流在阿拉山口巡逻，他们守卫着边疆的和平，守护着绽放的梦想。那坚挺的身躯，多像挺拔的胡杨；那闪亮的枪刺，挑落了漫天风暴；那坚实的脚印，化作了一串长长的诗行！

（选自《湛江科技报》南国散文诗 2020 年 12 月）

仓颉造字
——观戴卫同名画作

_语伞

在汉字里行走，仓颉隐约其中。

他让每一个汉字成为脚印，每一个脚印代表一种野兽。

没有争斗和嘶鸣。动物们，突如懂得温良恭俭让的君子。虫鱼花草，山川河流，携带四季的更替与它们惺惺相惜。

有人在其中寻找生肖中的蛇，思想上的豹子，灵魂里的狐，指给它们方向，各走各的路。仓颉画下一条生着四条腿的鱼，一头只有尾巴的牛，没有翅膀的汉字，就开始飞临想象力的边界。

鸟儿们自是最听话的，从不逃出天空去玩。

唯有诗人让仓颉感到意外，他无法用一串串恒定的符号，去束缚他们伸向大脑外生长的思维。

  一笔一画都是意象，一左一右的偏旁都通往未知。

  而那灵光乍现的时刻，一定是仓颉的胡子被打上了千万个结，古今的墨已融为一体。

（选自《诗潮》2020年第3期）

从苕国走来的开国英雄

_唐成茂

题记

  从被称为"苕国""苕都"的四川省西充县晋城镇滴水岩村田埂上走出来的开国少将何以祥，仅凭几条红苕、一把锄头、几发从地主老财家里弄来的子弹闹革命，在党的领导下，在部队的大学堂里得到锻炼后，成长为功勋卓著的将军，获得了一级独立自由勋章、一级解放勋章，担任了上海警备区司令员等重要职务。

  您生长在苕国，田野为您镀上苕一样的金黄。
  您来自草根，站得比苕更低一些。
  苕花怒放时，您扬起锄头，一锄锄挖开烟熏火燎的日头，没挖出明亮的日子。
  春天的苕藤把村庄的恩怨缠绕，苕藤如绳索捆绑了父亲的伟岸和母亲的挺拔，财主一手遮天遮住苕国的未来。
  您挥扬起锄头，让财主和旧社会，人头落地。

您的青春在长征路上，在雪山草地，和草鞋、激情一起翻飞。

土地革命让您的苕叶返青。

您是从苕国西充走出来的英雄，您手里攥着几条大红苕、一把锄头和多发子弹，您手里攥着家仇国恨，您手里攥着反动派的斑斑劣迹。

川军出川，一路上响着您的杀声。

您用身体解释昆体良"战争意味着血和铁"的真正含义，您用锄头和子弹以及英雄气概解释西充南充四川中国的英雄主义。

钦努阿·阿契贝说，奥贡喀沃把手洗得干干净净，就可以同上帝和老者一起吃饭。

您用战争和正义洗干净内心，和人民平起平坐，把祖国请到上位，你们一起讨论战争，展望和平与安宁。

穿草鞋、背蓑衣、吃煮红苕出川的您，手里攥着锄头、子弹和仇恨，杀入敌阵，攻破城池，把自由和幸福还给人民。

您和贺老总的菜刀，成为红军队伍的"传家宝"，成为一个时代的"战争名词"。

从苕国西充走出来的英雄，您成了贺龙部队锋利的梭镖、锃亮的步枪、尖锐的子弹、鲜花簇拥的英武。

您粗壮如苕的手，把夜的口子拉得更大一些，把敌人的"黑夜病"和罪恶展示得更清楚一些。

您和战友们埋伏在丛林里掩体中，您和战友们埋伏在正义中"人民万岁"响亮的呼声里。

身体里的丛林和掩体，骨子里的正直和正义，随时准备，浴血奋战，生死出击。

在暗无天日的旧社会，谁都会遇到风，遇到雨，遇到敲门的鬼，您就用一粒粒子弹、一颗颗手榴弹、一排排庄严肃穆，把国民党藏在暗处的狡猾和欺诈炸飞，把几大战役中的险恶炸个稀巴烂。

朋友来了有好酒，豺狼来了有猎枪，鬼子来了大刀向他们的头上砍去。

您用大刀、步枪、机关枪，刺死谎言，顶住威胁，鄙视侵略者，把黑暗赶出国土。

四次反"围剿"战争，百场正义之战，您把生命挂在裤腰带上，您把爱国主义搂在怀里，深夜攻城，英勇杀敌。

您善于口袋战，关起门来打疯狗。

您和您的战友，用国门和勇敢与坚强，一次次夹住敌人的狗尾巴。

从莒国西充走出来的英雄，您吃的是红莒，燃烧的是火红的血液。

您无数次跨越战壕，扑向敌人，带刺的刀刺破长空。刀起头落时，鲜血溅了麻木一身，还溅了时代一生的血性、阳刚、不屈不挠、雄壮威武。

您带领学兵大队的官兵，这是恩来的看家部队，再次跨越战壕，粉碎敌人的"围剿"，身受重伤，还在川北的故乡，疼在心里。

川北大地为您热敷，日月星辰为您擦药，春夏秋冬都是给您治伤的白衣天使。

撒在伤口上的不是药，是阶级仇民族恨，是血和泪痕，是太行山上的鱼水情深，是能战方能止战、越能打越不挨打的战争法则，是莎士比亚即或奋战而死也是以死亡摧毁死亡的战争宣言，是开赴鲁西南再会陈毅将军的彻夜不眠，是您药不到而伤自愈的秘方良药。

您这从莒国西充走出来的英雄，鲜血染红了共和国的门楣，染红了祖国人民的崇敬和爱戴。

那位爱吃辣椒红烧肉的湖南巨人在天安门城楼庄严宣告新中国诞生后，您也经常邀请那些出生入死的战友，登上城楼，看望祖国。

您和更多的战斗英雄，为新中国从灰烬中请来复苏和繁荣。

您也为自己的一双金翅膀，请来了坚实和飞翔。

您也为人民请来了真正的春天和扬眉吐气。

（选自《华西都市报》2020年1月）

回首彼岸

_文榕（香港）

  有些微的相思关于彼岸，有一点悸动关于寻找良辰美景。
  心放逐着欢乐，悲伤在镜子的背面。
  有月色的夜晚，我常悄然聆听，听到一阵徐缓的风声。
  在楼下的花园，我不再静坐，不在苦闷的幻境逗留。
  望着远山和天空，那个叫彼岸的地方渐渐扩大，在我睫毛的阴影里暂住下来，我只能对月，已不复弹琴。
  入睡前，拉下窗帘，彼岸仍在观望。我不自觉走好每一步，举重若轻，尘埃落定。

（选自《诗人》2020年第1期）

她似乎含着深沉的微笑（外一章）

_王猛仁

当孱弱的枯枝突然间冒出娇羞的新芽，我唯一可以澎湃的向往，是展开初春的花蕾，在生命的多彩季节情不自禁地吻一吻花香，开心地走在冷缩的小巷里。

门前那株开满纷乱花朵的海棠，轻捷地拂过晨风，悄悄地等待，一天，两天。太阳栖落时，我才慢慢地看见那孔明亮的心窗。

春天含着深沉的微笑，从她心的明眸里久久地站立着，身后飘来的柔纱似的白雾，却撩动着晨光，将整个小院，变成女主人脸上鲜活的剪影。

我没有陶醉在那番景象里，我已习惯了那被钟声的相逢与相别。

任何徒有外露的风韵和午夜袭来的幽香，都能在春天的云缝里找到。

一阵小雨沙沙飘落，打在一本诗刊的页面上，一句未曾留意的讯息，仍声音未动，依然沉吟在新年的回忆之中。

我始终没有发声。

我是携着一树树红宝石和那沉甸甸的梦来到你的窗前的。

我疲倦了。失落许久的故事也疲倦了。

一队大雁，追逐着金色的云片，从我的头顶飞过去了，飞得很高。

我应该记下属于心中的最美丽、最动人的一瞬。

那一瞬，我真想为你放声歌唱。

只是宣告了一个人的存在

月色微明。

我猛然抬头，从你的泪眼迷蒙中，我突然看见了早已逝去的年华，和那段日渐清晰的时光履痕。

寒夜的昏暗里，她站立在风中，风，扬起她甜润的声音，却扬不起她纯净的微笑。

她轻盈柔美的姿态，将我的灵魂一步一步地引向幽深……

她像一池秋水，清澈澄明；更像一座云山，缥缈而神秘。

我在赞美她的同时，始终将目光凝注在玫瑰的花瓣上。

她那飘洒柔软的发丝，在我思维的琴弦上能突然弹出新的乐意，继而，幻化成无数浪漫的梦影。

我不怀疑自己的努力，我的梦幻——一片嫩绿，一片鹅黄。

当三月的和风从大西北带着吉祥的呼唤吹来时，碧水和芳草一定会奏起一支爱的颂章。

我愿意天天走在曲折而又陌生的山路上，铺一层层淡淡的草香，在心的叶片上，缝愈着岁月给她的创伤。

我目不旁顾，直视前方。

假如我预先醒来，独自远眺，变成一朵蒲公英，试想，那时的我需要多大的勇气才敢完成那永恒的人生一瞬？

谜一样的风雪过去了。

我只看见柳丝的柔情和玉鸟的歌者在三川的溪流汇集之后，茫茫的旷野上，正掀起狂涛巨浪，并向遥远的天际宣告了一个人的存在。

（选自《鸭绿江·华夏诗歌》2020年第4期）

倾听（外一章）

_栾承舟

从黄昏开始，寒露作金属之声。
秋水已凉，寒素沁人心脾。
风中，小小的火焰知道，月牙知道她的柔美，他的伤痕。
不是风，是花格布童伞，照临水的倾听。

梦想站在最前沿，她的乌篷船已搁置很久。
那芬芳是听得见的。
在心的每一个角落，灵魂深处的风暴，不需言说；满世界的水和劳燕分飞，在这一刻，越过村庄之上的焦灼；
然后，便看到雨水荣谢生衍最贴近的部族，隐在一堆词语后面，缄默无声。

一句谶语，披着月光，不断拍打着梦之曲折……

午夜雪飘

一个花的部族，御风飘荡。它的披风新美，像鸦之一翼，内心深处堆满孤独。
慵懒劳乏刺髓入骨。每一片孤叶，都像一只黝黑的小手，召唤着信仰。然后，相忘于江湖。
从现在起，做回幸福的农人，从沽河中取出鱼虾，在原野上篝火野炊，为河水麦田的灌浆啊抽穗啊，横下：血与激情。

一个梦，一个，追随着春汛前往春天的梦，嗓音干净，润物无声。
云漫起来。水漫起来。风像大街小巷、野兔狗獾，饥渴已久。
汹涌如潮的雪啊，睁开黎明，看见无数化梦为蝶的梦想，让沭河流域的林木花草，渐渐地有了火苗。

醒世的力量，在蓄涌。

（选自《核桃园》2020年第3期）

父亲的呓语

_韩嘉川

一只船的龙骨，依然完好地留存着海上风暴的痕迹。

父亲，曾守着一片黑土地，挥动斧锯砍伐木头与苍凉的季节，造一间让有梦者做梦的空间。他还向小马驹与天上飞过的鸟儿打呼哨。然后吐口唾沫在手心里，拉动锯子像鲁班，制造一些生活的格式。

唾沫就是力气，小时候我这样想。

船的龙骨与海浪依然镶嵌在父亲生长的海岸上；他却背离大海，去黑土地挥动斧锯。

雨季的面孔灰蒙蒙的。人们把语言种植下去，生出丛丛白茫茫的芦花；大雁在里面安家繁衍，而南飞的想法，却从来没有断过。

也生出些鱼肚白的晨曦，茶一样或浓或淡地浸泡在水雾里。

父亲吐一口唾沫在手心里，便有了力气在那个雨季。

龙骨与海浪的气息很遥远，太阳裹着黑云的胞衣；

被呼哨击中的马驹与飞鸟静止在雨季的灰色面孔上。芦苇的思想在雨水中，散发着海洋的气息，然后让那里有一只船的龙骨，还完好地留存着海上风暴的痕迹。

（选自《鸭绿江·华夏诗歌》2020 年第 3 期）

情树，情树

_陈志泽

故乡的榕树又叫情树。

情树壮伟，自我织造山岭般的树冠，足够迎迓成千上万鸟们的聚拢。

各种各样的鸟喜欢在情树安家，它们的家族日益兴旺。

原本沉静的树还能安宁吗？

黄昏与早晨的鸟鸣，肆无忌惮将树的层层翠绿洞穿得千疮百孔，甚或简直要撕裂树的气根编织的厚实的帷幕……

鸟是真正把情树看作安全的港湾和不老的起航基地了。

晚归，鸟带回一天的疲惫，可以完全卸给树了，能不唱起感恩的歌？朝辞，鸟储满了飞向蓝天的劲头，吹响铿铿锵锵的进军号。

在这样的时刻，情树听懂鸟鸣的全部含义，为自己的生长而欣慰，禁不住以清风的手指捋起长长的美髯；

在这样的时刻，情树如数家珍将千万枚鸟鸣收藏心间……

（选自《文学报》2020 年 8 月 20 日）

故乡的风

_干海兵

在下午酣睡的梦中我听到了，来自童年的风声，踩着故乡的山水，从秋天灯笼般的果子中，缓缓而来。
门将启未启。

借助墙壁的老年斑，它咳出了外公的秘密。
在小小的天井中蹒跚，看看未满的水缸、敲敲破旧的柜子，坐下来。
那些故乡来的小小的白菜、葱和茄子，看见了它频频点头。
那泛黄的年画，端午挂在门角的菖蒲，那一串红得呐喊的干辣椒，被它抚摸得重新活了过来。

故乡的风呵，从南高原的边地而来，从我五岁、十五岁、二十五岁、三十五岁、四十五岁的骨头中来。
我身体中流失的小溪，它一吹就还回来，我身体中倒伏的庄稼，它一吹就站起来，我丢失的乳名，它一碰就叮当地响起来。

（选自《延河诗刊》2020年第5期）

西顶三味

_徐慧根

花椒

　　西顶的花椒,站在山的高处,站在我目光的高处。
　　像火红的繁星,离太阳更近,和月亮更亲。
　　采摘的人需沿着弯曲的山路,踩着露水,掠过季节,再攀上几块大石,把手臂伸长些,再长一些,仿佛季节在招手。
　　避开尖刺,躲开自下而上的目光,然后,收藏火红的锦绣。
　　调皮的花椒,仿佛不甘于这样的命运,它裂开身子,吐出黑色亮晶晶的籽粒,借助风,告诉雨,多想把新生的梦想托付给可以抵达的土地。
　　告别枝头,像出嫁的女儿一样告别。
　　告别树丫和山顶,在老人手捧的宠爱里,迎接新的命运。
　　它走进厨房,身先士卒,试探油温,待一缕香气升起,锅底冒出微微青烟,似战地烽火。
　　葱姜蒜酱醋酒,紧随其后,红绿黄青蓝紫,以身赴险,锅铲叮当间,百味俱出。
　　唯此一味,西顶的花椒独有。
　　西顶的花椒,像汤汤长流的淇河水一样,就这样,走进了《卫风》古老的册页,走进了中原大地的卷帙,走进了生活之门。

核桃

年轮是树的荣光,倒地时抢先证明自己存在过。

核桃,在落地的那一刻,直接变成了多皱的老人,满身的皱纹和充盈的大脑,以智者的身份炫耀资本。

西顶的核桃,是轻装的,不着厚重的铠甲,不带满身的沧桑,无需敲打,便直接回应懂得的人,以最大的自信呈现出最为完整的内核,如大脑的道道沟回,深刻蜿蜒,遍布智慧。

当我从一个粗糙的大手中接过一个棉布的口袋,轻轻一晃,哗哗作响,像是无数个思想的碰撞,如一大群智者的交流,喧闹而和谐,最终汇成同一个声音。

我不忍打开。它表皮光滑,纹路清晰,轻轻一捏,咔嗒一声,齿颊留香,舌根微苦,诗一样的感觉最适合慢慢咀嚼、回味。

吃啥补啥,是上祖最亲切的教诲,也是现代科学的明证。

咔嗒咔嗒的声响,诱惑着诗韵的进出,似一把把智慧的钥匙进入诗境的锁孔,为西顶的山石草木、过往行人,启门开道,在山路的转角处植下慧根。

有人,从古滑台披着散文诗的霓裳,怀揣着一颗诗心,翩然而来。

那就是我。

小米

文火上慢慢熬着,铁锅里轻轻搅着。

小米最需要这样的耐心,最渴望世界以温柔相待。

它的香,它的糯,它的养人,在西顶的农家发挥到了极致,像极了一个好看的农家姑娘,在爱和温存间羞涩而安静,被一个人含在口中,藏在肺腑。

然后,倾其一生回报。

家家的灶间都珍藏着小米,家家的烟火都连着树梢的风。

添丁进口,在贫弱的时光中,小米赐予农人最大的福祉和光明。

生产的母牛和坐月子的女人,在小米面前同等贵重。

小米汤的香味借助风力传达着喜讯,跑遍了整个村子和村外的田野。

西顶的小米,在时光的磨盘里,最经得起细细研磨、发酵。从粒粒滚圆到细至齑粉，像一颗种子需要发芽，给它水和温度，丝丝窝窝支撑起味蕾的考究。

有多久，没有吃过米面馍、米面煎饼？

曾记得，母亲在灶间转身时，抹一把汗水，额前的发丝里跳出一根白发。多子是她的困苦和疼痛，也是她的幸福和欢乐。她从这一天开始苍老。

小米养大的孩子，站在西顶的小巷里像棵老树，眺望着故乡，挪不动脚跟……

（选自《星星·散文诗》）2020年第5期）

在泸沽湖的童话里荡漾

_ 王成钊

我爱上了 "水性杨花"

不知是哪个骚人墨客，给泸沽湖的海菜花，起了一个轻佻的名字。

湖面上，白花星星点点，随波摇曳，仿佛在湛蓝起伏的天鹅绒上，点缀上星空的影子。

纯纯的白，娇娇的开，水灵灵的烂漫，似蜂如蝶，簇拥着猪槽船，迎接远来游客，荡漾波光，轻抚细浪，泛开微微的涟漪……

水面下，一丛丛，一簇簇的枝蔓，绿如茜草，柔若海苔，随着水流轻摇幽清，慢荡优游，映衬着清澈见底的湖水，分外妖娆，陡增魅力。

就像摩梭人与泸沽湖，物竞天成，天人合一，海菜花与圣湖，也相伴相依。

杨花，只为映衬泸沽湖大美的水墨，为童话世界增添无比的神奇。

而水性,只是一种独特的个性,唯美的风姿……

一不小心, 我进入了天空之镜

湖面静静,我心静静。

一个游子融入了水云天,进入了天空之镜。灵魂仙化,飘向无垠时空,与水天一色,一样澄明。

打坐的姿势,一个在天上,一个在水面。一个仍食人间烟火,一个已进入空灵。

倒映,回放着人生跋涉之路,登攀不止,弄潮逐浪,虽也坎坷曲折,但又如此湖,波澜不惊。

掬一捧湖水,扑面,洗涤一脸风霜,冲走眼角尘垢,湖面映出的脸,竟变年轻。

喝一口湖水,清冽甘甜,沁人心肺,冲洗掉从山那边带来的浮躁,冲淡了与生俱来的物欲,洗涤了心灵。

人们都说,泸沽湖是仙湖,就连山外那一场肆虐全球的瘟疫,也秋毫无犯,一样清明。

多盼此生,独守一湖纯净。像摩梭人一样,拥有仙湖,拥有化境。

虽无仙风道骨,一个凡人,也可以悟道,超脱,出尘……

这一刻, 我叩响了神秘

穿过门楼,一步跨进历史的遗存。

叩响一扇斑驳的木门,走进中国最后一个母系社会,就窥视了历史的真实。

赤裸裸的原始,亮闪闪的奥秘,保留着千百年的古朴,没有丝毫雕饰。

触摸岁月遗痕,墙根的石砖,镌刻着千古传说。看得见,摸得着的传统,就在古拙的院子里,绵延繁衍,孜孜生息……

热情好客的女主人,还有老阿妈,喜迎远客,捧上了一个个浪漫的故事。

农耕文明的土壤,生长出独特的走婚制,如一棵参天的大树,蓬蓬勃勃,呵护这一幢幢封闭的庭院,守护着信仰,抵御着现代文明的风潮,安贫守朴,自得其乐,悠然屹立。

摩梭人的风情，就蕴藏在木屋的阁楼上，窗前的倩影，时而闪映在草海的花丛中，时而闪现在走婚桥上，任沧海桑田，世事烦嚣，依然闪烁在泸沽湖粼粼的波光里……

情不自禁地，向女主人致敬。独自撑起一个社会的整片天，不愧为顶天立地的女汉子……

（选自《大沽河》2020 年 12 月）

渝西的星空布满隐喻

_ 周鹏程

潼南的江湖

第一次，我想一醉不醒。

第一次，我想仰望星空。

第一次，我想坐稳与更多语无伦次的人说话。

干净！在潼南，我看见了一个干净的江湖。而此时，我随身携带的江湖早已风吹草动，好比我在泽栖酒店做一个干净的梦。

一个人领着我们跑遍几条街，不在乎道路是谁的、车辆是谁的、馆子是谁的，也不与老板讨价还价，却计较杯中的酒是否斟满！

一群人跟着另一群人走，就像一季庄稼跟着一季庄稼生长。拔节的禾苗在准备修成正果，狂吼的声音是夜空里最美的诵读。

潼南的江湖在璀璨的灯火中荡漾，比运河深，比琼江宽，比涪江长。

潼南的江湖被诗人举在手中，不带半点"江湖"习气。

天印村见闻

湖泊不能再低,绿地不能再低,院落不能再低,乡情馆不能再低。

白天鹅可以飞得更高些,高过生活的海平面。

村庄可以再高些,高过天印石,这样,"印"就牢牢地掌握在手中,掌握了"印"就掌握了命运。

六月之后,天印村芳菲殆尽。就像一个演员卸妆归来。而此时,我们决定去塘坝,去看素装的乡村,握潼南的手,听渝西的心跳。

黄桃躺在糖水中改名叫罐头,小龙虾在浅水的稻田里躲追捕人的网,柠檬刚刚怀春在羞涩中排队等待体检,只有蔬菜兼容"海里的沉默、地上的喧闹与空中的音乐"。

一些鸟已经疲倦,一些鸟集结在村口,跃跃欲试选择自己的天空。

乡村如一个人的内心宁静,万物在脱胎换骨。

塘坝,需要一场小雨。

何家坪,需要一个支书,对脱贫攻坚的故事娓娓道来。

渝西的星空布满隐喻

渝西有风,星月无数。

风吹八千步,星河十万里。

在渝西,一望无际的绿是星河里漂浮的水草,水草在养活即将出征的马。马背负着梦,背负着渝西脱贫的高潮迭起……

渝西就是一幅画。

油菜花只是春天的一个比喻,五朵金花才是潼南田野的永恒。

时间不去救运河,把天空洗得干干净净。

石壁留不下神灵的容颜,好比一句箴言正在风化。

渝西的星空车水马龙,布满隐喻。

只有湿地公园容下了人民的脚印。

(选自《星星·散文诗》2020年第8期)

给词语上营养让它们长肉

_高伟

把词语关在家里营养一阵子，让它们长肉，别再骨瘦如柴。

烧一锅秋天的羊肉给词语吃，里面加上当归西洋参还有桂圆。

我一直想写出一朵胖乎乎的玫瑰来，让她肥美惬意一如旧时的杨贵妃。让她的爱情膘肥体壮，情欲比青春旺盛。

秋天的梦像药片外面的糖衣那么甜，梦做了就做了，把它当真的使用一回，管它是有遂还是未遂。

让我因爱情而心跳，跳得比心脏病患者还快。

接受玫瑰的美德和剥削。

我想对生活爱起来，一天比一天爱起来。

我正奔赴在书写玫瑰的路上，去做一生中最正确的事情，去爱一个最干净的人。

这是一朵不疼的玫瑰，三围比秋天更美，内心比秋天更深邃。

今天你比好还好，玫瑰比你还好。

今天玫瑰不疼，我比玫瑰更不疼。

我的词语为什么就不能肥美一回？我为什么就不能不疼一回？我的玫瑰为什么就不能不消瘦一回？

（选自《大沽河》2020年春季号）

夜宿耕读小院

_谢克强

夜，渐深渐浓。

渐深渐浓的夜漫了过来，沿着楠溪江、沿着楠溪江畔的林间小路、沿着小路尽头的长廊、沿着我的思绪，挤进耕读小院。

月亮，从楠溪江那岸的山路爬上山来，站在山头上。许是发现夜宿耕读小院的诗人，逐使温柔如水的月光，像情人一样悄悄走进我的房间。于是，我沉浸在如水的月光里，寻觅着诗歌……

没有人敲门。

当蝙蝠翔舞的双翅，剪夜色成孤独，善解人意的夜色便给洞开的窗子拉上窗帘。

静寂的空旷没有声音。桌上的台灯也没有表情，眼睁睁瞪着谢灵运的《山居赋》逃离书架。铺在桌上的方格稿纸不知谁当作瓷砖贴在卫生间的墙上。

静寂中，我躺在床上，十指张开成风，欲要抓住一点什么，却怎么也抓不住月色中灵动如水的那些浪漫而温情的故事，只好抱着诗歌入睡。

抱着诗歌入睡，我酣然入梦。

不远处，楠溪江潺潺湲湲的流水不肯安宁，悄悄潜入我的梦里。梦里的楠溪江，流水潺潺，潺潺流水中的竹筏溅起朵朵浪花，惹得月亮不知去了何方！

月光，流水，浪花，竹筏，是我寻觅的诗么？！

在耕读小院，一个行吟山水的诗人，抱着诗歌入睡，成了这个夜的主题。

（选自《上海诗人》2020 年第 3 期）

赤水河畔

_亚楠

  赤水河用寂静铺展记忆，就像这杯中酒，绵远悠长。
  不，也有涛声，有惊雷炸响天空。
  青山不老。赤水河两岸高粱红了，人心所向，皆是红星照亮的地方。还有那一河美酒啊，汉酱神韵，曾醉倒过多少帝王将相，英雄豪杰？
  我慕名而来，在当年红军搭起浮桥的地方，向河对岸走去。黄昏降临了，河水依旧静静流淌。似乎，人们带走的，不仅仅是记忆，还有激荡的风雷，不朽的涛声。
  而留下的一河美酒，是古道热肠，是美酒滋润的万物，和一颗颗崇美向善之心。

（选自《星星·散文诗》2020年第2期）

学步

——写给小孙女温忻畅

_萧风

经历过"七坐八爬"之后,你便跃跃欲试地想走了。

先是扶着床沿或门框,颤巍巍地站了起来;然后,拉着大人的手,开始跟跟跄跄地学着走。

再后来,便想挣脱大人的手自己走了。尽管,摇摇晃晃走不稳,但你并没有放弃。

一步,两步,三步……你向着妈妈敞开的怀抱勇敢地走过来了!

爸爸在为你鼓掌。奶奶在为你加油。

忽然,你跌倒了。爸爸本能地伸出手,想把你扶起来。

爷爷喝止了他。

"让她自己爬起来!没有跌过跤的人,是学不会走路的!"

——你没有让我们失望。不仅没有哭,而且自己慢慢爬起来,继续跌跌撞撞地往前冲!

终于,你扑到了妈妈的怀抱里,红通通的小脸上露出了胜利者的自信和喜悦……

(选自《云梯关》2020年第2期)

咏兰（外一章）

_红筱

兰有千种，绽放万种艳丽；南国无冬，兰花四季飘香。

——题记

一

花开了！美若仙子。
花谢了！满屋、满园、满山谷，飘香。
涅槃！笔墨光影、诗书华彩，优雅怡然。

二

生命，多为寄居获取。
但从不卑微。
知晓奉献，懂得感恩回报。福相伴，捧叶生花。
默默地传扬：芳馨慧质、气韵风骨；慢慢地磨炼：化腐朽为神奇、聚宝藏珍的能力。

三

蝶来,欢喜。
起舞弄轻影,共筑花间情!
蝶不来,岁月亦静好。
朝阳、雨露、晚柔风……
点点润心。

四

是秋风吧,将种子吹到了树洞里,有了一个别致可爱的家。
扎下了根,长出了叶子,舒展开了枝体。
每天,在大树上嬉戏;在晨风中荡悠;张开了幸福的笑脸。
也许,应该功归鸟儿,将种子四处播种。
在高高的山崖上;在荒野中;在光秃秃没有任何树木生长的绝壁;在大石头的缝隙里……
你若有心定会发现——
花儿最美丽的绽放!

五

窗前,悠然地挂着一盆盆——
金边银边黄心白心虎纹龟背,或不镶边不带花纹斑点,纯纯墨绿色的吊兰。
从来,没有看见过它们开花的样子。
但是:
看着它们伸展着长长的叶子,一簇簇在风中摇摆、起舞、欢歌;欣赏着它们沐浴在彩霞、晚照、细雨中,那种洋洋得意、潇洒帅气的神态……
已很陶醉。

六

兰的香，醉人！

黄色的花香甜蜜；紫色的花香梦幻；粉色的花香清淡雅致；墨兰的花香馥郁幽深……

色泽艳丽的蝴蝶兰，花开枝头时，闻不到什么香味；花谢花落了、枯萎了、不再色彩斑斓了，芬芳才释放出来。

更不用说那众多的香水石斛、香水兰了！花，香艳迷人；叶、茎、根、须、全身心，都是香的。

把盛开的花朵展平了，夹在书页中。隔了一年、两年、三年，打开闻闻，依然幽香醉人。

七

兰之形意，美不胜收。

跳舞兰。盘着高高的发髻，或梳着长长的大辫子，马甲长裙，鲜艳夺目！一双双一排排，展翅昂扬飘飘然，仙子般飞旋舞动，永不停顿。

风兰。白色的小花花，细细柔柔，娇妍妩媚。就像是一缕春风亲吻着肌肤，轻轻软软、温暖舒适。

怒放的墨兰。花气袭人，芬芳扑鼻。一簇簇妖娆美丽的花啊，分明就是一群群欢快灵动的野蜂飞舞。

鹤望兰；蝴蝶兰；蜘蛛兰；蝎尾兰；剑兰；富贵鸟；天堂鸟；水仙；百合；石斛……无论是花开花落没几天的小小花，还是可以傲然吐艳百多天的富丽仙葩……

每一朵，都精彩万分。

八

踏着春天明媚的光影，置身兰圃。

在花廊中走走；在花棚下坐坐；品一杯兰贵人香茗；春风荡漾，吾心荡漾……

此景、此境、此情、此韵，怎一个"美"字了得。

兰，千姿百态，风韵别致的兰啊！

假如，这世上真有什么花仙子，那一定得是：兰。

绿萝

1

遇水即活的绿萝，全身心都彰显生命之原色。

刚刚长出来的嫩芽，是翠绿的；叶、茎、藤蔓、根须，以绿为本；连花朵和果实，也都是绿色的呢！

养在无土的花瓶里，只要有阳光抚慰，永远青葱翠绿；漫步徜徉于小河边，很快就会形成一片绿洲。

于是，绿萝赢得了"生命之花"的美誉。

绿萝，却不甘心永远只能在小河边上散步；不满足只能匍匐于地面，挺不起腰杆的状态。

它想站上高处，想看见与此间不一样的风景。

2

绿萝，来到了一棵高大的刺桐树下。

它沿着树根，绕着树干，慢慢地向上攀爬。用了不算长的日子，绿萝就站在了刺桐树最粗壮的枝杈间了。盛夏时节，绿萝在刺桐树上，绽开了一大簇鲜亮翠绿的花蕾。

刺桐树逢人便骄傲地自夸——

我，是一棵举世无双的刺桐树！只有我，才能长出如此不同凡响的花朵来！

绿萝，从花开花谢，到果实成熟坠落，始终没有作任何的辩白。它只是默默地站在枝杈上，点头、致意、微笑。

绿萝，真心地感谢刺桐树。因为刺桐树的宽容，让它攀上了高枝，看到了别样的风景。

3

绿萝,来到了一个花园的凉亭前。

它沿着凉亭的台阶,一步步往上走,穿过了石板凳,绕着柱子,爬上了凉亭的屋顶。之后,又从屋顶倒挂下来,左右伸展。

凉亭的风景每天都在更新变化。

不知不觉中,凉亭多了一面绿色的墙,墙上还开了一扇美丽的窗。一对花喜鹊在凉亭的屋顶上筑巢,生儿育女。它们每天在绿萝上进进出出,快乐地嬉戏。还将所有的污秽,全泼洒在绿萝的身上。

人们在花园里行走路过,只看得见鸟和凉亭。没有人关注绿萝,也听不到一句对它赞美的话语。

绿萝一点都不介怀。

每天,对着每一位与之擦肩迎面的人,都一视同仁、青春飞扬、充满活力地——

致意、点头、微笑、起舞。

一场暴雨,绿萝被洗刷得清清爽爽,鲜活透亮。所有的污秽,全都化作了营养,滋润了身心。

绿萝,舒展舒展身腰,舞得更欢了。

4

绿萝,被缚在了木桩上,置于河塘山水间。

它们,在被充足的阳光雨露滋养、沐浴后,不久就完全地融为了一体。枝繁叶茂,腰杆笔挺,以一种全新的形象,出现在了世人的面前。

木桩对绿萝说:

没有我,你永远只能匍匐于地面上;因为有我,你才能站起来,挺直了腰杆!

绿萝一如既往地没作任何辩解。绿萝,更加深情款款地、满怀感激地拥抱着木桩。

朽木焕发了生机。

每天——

它们尽情地张开双臂,开心地绕着房梁柱子,摇摆起舞;它们各美其美,美美与共地快乐成长。

很快,它们长成了一棵参天大树,成为厅堂里最亮丽的一道风景。

5

一阵歪风,将绿萝刮到了悬崖边,缠绕在了一棵木麻黄树的身上。

木麻黄对着绿萝大声嚷嚷:

你这个只知道攀缘附会的讨厌鬼,快滚开!

还拼命地摇晃着身躯,力图甩掉绿萝。

一道闪电划破长空,一颗炸雷劈在了悬崖上。

木麻黄被连根拔起,断为几节,坠落了深渊。

6

绿萝,摆脱了束缚。

风托举着它,慢慢地飘啊飘啊……最后,轻轻地降落在了谷底。

绿萝,又回到了小河边。

绿萝,每天开心快活地徜徉于河畔,享受着两岸风光的美妙;绿萝,每天欣欣然地朗对迎面擦肩的造访,奉上永恒的——

点头、致意、微笑、起舞。

(选自《散文诗人》2020年12月)

一只鹰在高空缓缓盘旋

_ 徐成淼

长空一无所有。只让一抹蔚蓝,包裹起整个天宇,来填补无边的虚空。

而鹰就在这一片空无中上场。它一展双翅,就屡屡遮蔽了阳光,也点缀了那一片明蓝。

它全身不动。没有扇动羽翼,没有扑击翅膀,只顺从着气流,自如地滑翔、盘旋。长长的双翅伸展，把浓黑的身影，投映于半壁江山和千里海疆。在需要调整方向和高度的时候，它也只是微微地侧了侧尾翼；这个细小的动作，优雅得像世袭的贵族，甚至让人感动得想要掉泪。

它达到了所有生物都未能达到的高度，像一尊俯视尘寰的神灵，将世间的一切纷争尽收眼底。还有什么没有见识过呢？战争，灾祸，杀戮；阴谋，算计，掠夺：都在它的俯视下一一搬演。

当火山爆发，洪水滔天，就是兽中之王的狮子也不得不落荒而逃。只有鹰，仍然无声地盘旋于天际，俯瞰天下，目空一切。

它永不仓促，永不惊愕，只缓缓地回旋在高处，向尘世间的一切功过投去不屑一顾的眼光。

无须匆忙，在时光之流面前，所有的奔逐都显得如此琐屑。急匆匆地这是要去哪儿呢？到头来，最后的终点仍然是脚下的原地。

它于是连翅膀都疏于拍击，有时候，可以几个小时不动一下双翼，就那样无声地滑翔着，滑翔着。滑过火山的余烬，滑过地震后的废墟，滑过残存的纪念碑和颓圮的皇陵。

在鹰的眼里，所有这一切，都细小得有如一介微尘⋯⋯

（选自《大沽河》2020 年第 3 期）

红木棉

_ 王景喜

花城广州。

高大挺拔、苍劲伟岸、直冲云天冠状的两棵树，一棵是木棉树，另一棵也是木棉树，矗立在南部战区礼堂门前。

一夜春雨过后，寒风嗖嗖，空气清冽。阵风吹来，落英纷陈，数朵木棉花极为英雄地旋转着，飞舞而下，"啪""啪""啪"甩落到地上，似在酷酷地道别尘世。

每一朵木棉花都呈现着五个花瓣，花瓣形如毽子，花朵中心那一条条淡黄色的花蕊，与鲜红鲜红的花朵相辉映，极富弹性，极具韧性，一副英雄的姿态。

木棉花，英雄花，有着与我的命运息息交汇的缘，悠然间一份英雄情愫在心间荡漾……

木棉啼血。

木棉啼血。

那一年的春天，南中国边境硝烟泛起，点燃了无数中华热血青年爱国的情怀，我走出华东地区中学的课室，随军驻扎在祖国南疆崇山峻岭中的营区。

通信兵，战场上的"顺风耳"。

红棉啼血的季节，始自1979年2月17日，战斗打响的，28天后，战友们胜利凯旋。

为贯通战区指挥部到一线阵地的通信保障，我和战友们风餐露宿在十万大山腹地，与吸纳着"阳光的抚慰"与"山泉的慰藉"，恣意盛开在漫山遍野间的红木棉为伴。

（选自《散文诗人》2020年12月）

到林子里去

_庞白

想起那触摸不到的欢乐，从树木根部蔓延到每一片叶子；溪水流过丛林，吞没了它们的来路；很快，丛林中积压日久的燥热，在寂静中翻腾起来。

还想到小道上畏天知命的枯叶、断枝，按着耐心徘徊的风。

而我要朝着风的方向，穿过尘埃，去林子。我想去探看那些倒下的巨大树木，是否安好。我要由着那些枯枝的指引，去看看沿路返回的一队队蚂蚁，今晚睡在何方。

进入林子之前，我必须顶着漫天灰暗，拐过街角，离开热闹。到了野外，必须正好遇到一匹刚刚撒开蹄子跑向林子的马。而我，必须和那匹马一起，不假思索，纵情奔跑。

跑啊，跑啊，我们要忘记远近高低，忘记山川擦肩而过。

（选自《诗潮》2020年第1期）

流淌的江海命脉

_ 谢显扬

悠悠太空宇宙，茫茫星河流淌。

流转的星河胚胎，一团混沌的天体，一个迷离的世界——太阳系从这里演绎万物命脉的流行乐曲。

盘古开天辟地，开高远天空、璀璨天河，辟辽阔大地、江河湖海……流传与"大爆炸"理论相生相戏的宇宙起源神话，流淌神力主宰原生态的万物命脉，启奏戏说宇宙起源的命运神曲。

天地开，山川立，日月辉，雷电闪，云雨生，江海荡……漫漫盘古开天地的神话，荡荡宇宙"大爆炸"的传奇，昭昭脱胎大自然的力量，流淌"水"蜕变为生命灵魂的水运命脉，奏起水乃生命源泉的命运序曲。

流淌的古老岁月，印记华夏民族钟情耕山耘水的农耕治理，守望"水"治天下。尧舜皇帝，命鲧禹父子治水，鲧奏"封堵"调理江河的咏叹调，曲终殒命，禹弹"疏导"治理江河的协奏曲，功成帝业，水润福民，流淌千古农耕治理的历史命脉，启航原始农耕文化的命运进行曲。

世上几多神圣文明起源，历经璀璨洗礼，毫无例外中断夭折，唯独华夏文明流淌的遗传基因命脉，永奏生生不息的文明命运传承曲。

蓦然回首，自远古、夏商周、春秋战国、秦汉两晋至唐、宋、元、明、清流淌的千秋万代……珠江支流的西江、北江网状江河飘荡，仿佛浩浩荡荡、波澜壮阔流淌在南国大地上的生命飘带，滋润岭南大地的稻花、菜花、果花，乃至历史人文之花……一道流淌到珠海出海口的磨刀门、鸡啼门、虎跳门、崖门，流淌穿越珠海历史人文的门户命脉，激溅珠海历史人文的命运变奏曲。

南海澎湃风云激荡，淘尽千古风流人物。背着风雨飘摇国破家亡的家国重负，南宋抗元将领文天祥，肝胆相照零丁洋，以千古绝唱抒怀生死观，照暖人生、照砺人格、照耀史册、照亮世界，流淌志士仁人生死抉择的风骨命脉，激奏家国情怀的英雄命运畅想曲。

零丁洋上炮火轰，炸起洋人鸦片殖民的哀曲；华夏大地遭灾祸，弥漫鸦片战争的硝烟毒雾。不甘沦落的英雄儿女奋勇抗争，血染的风采，义勇军进行曲响彻天安门，换了人间。改革开放的潮流，席卷江海命脉倾注的零丁洋，珠海在沧海桑田翻天覆地的变革中铺展美丽画卷，流淌走向变革征程的主流命脉，奏响变革的宏伟命运交响曲。

四海翻腾浪涌大湾辉煌，火树银花照亮大湾舞台。纽约、东京、旧金山湾区……粤港澳湾区，演绎开放经济的创新史曲、资源配置的蝶变史话、集聚功能的激情活剧、国际交往的网络传奇。我留恋因海而得名、因岛而风情、因水而灵韵的"百岛之市"珠海，形塑水为脉络、望山见水、人水和谐、山海相拥、陆岛相望的大湾城市品格，任人勾留在水紫山野绿、荔映大湾红，一山三河百村落、两带三园百海岛的大湾人文风情里流连忘返。

追寻原生态天地万物的源流，追恋历史人文的绝响风情，追赏改革开放的交响乐章，追崇大湾时代的生命命脉……我从珠海的情人路起步，弹奏激烈沸腾的横琴开发热曲，穿越世界一流的港珠澳彩虹，亲近熊熊激燃发展引擎的粤港澳大湾热土，眺望率先圆中国梦的风景线——任火热生活洗礼灵魂，任江海命脉贯注人生，让心灵放纵寻觅至爱，让真情回归皈依生态。

激情奔流的蓝色珠海，流连忘返的生态水城，流淌历史人文的大湾生态命脉……

（选自《广州文摘报》2020年9月17日）

沿着江边走

_曹雷

野渡无人。我跌撞的脚步携绿苔歇于岸石,看一条大河流动的身躯在两山挟持下沉浮。

两棵树不知隔着几个年代,遥望并打出手势。江滩汹涌,像鲢鱼的下牙床,礁齿突兀地密布,与猛扑过来的浪群扭打、撕咬。

逝去的年年岁岁,被争斗的双方平分开来,唯有冷风飕飕,披散着长发阴惨惨尖叫。

我知道:江水选择的这条路,遇上埋伏剪径的礁石了。时有半截断桨,几块船板,三两泡白的树干,数声嘘唏遗留在这里。

蹭掉脚上的泥泞,走吧,我听见了远远的船歌。

那边,橘黄色的沙滩上,是一段女人腰似的苗条江湾,两岸长着白色芭茅花,就像系在腰间的块块佩玉。

许多卖弄风情的仕女都眼酸着这一段风韵!

那些船歌漂到这里就再难漂走。

行至黄昏,我发现这条江一反常态:暴躁的浪平息下来,绕住绿竹掩映的一个村庄,弯成了一派温柔静谧。

几只梭子样的小渔船,抽出夕阳的彩线,织着一匹匹霞锦。

我想起遥远的家乡来,这时候,母亲定然是在村头的黄葛树下,唤我的奶名了。

心里,溢满了如归的温情。

(选自《南充晚报》2020年3月28日)

为花恪守诺言（外二章）

_徐孝先

我赴花之约，我为花恪守诺言，深匿草原之花，花朵在内蒙古，染上格桑花的气息。花丛中长出新芽，支助之途，开满记忆的花，女孩青春唇艳，手支撑桌台，阳光直接折射出其天真。早就深藏眼睛的星辰，天然的牧歌回旋大自然，簇拥女孩温书的一一细节。我情不自禁吹动花吧！我愿那远方的翠绿，率先率领花的春节。在支助途中的我，仍然奉献真情的朝晖。凭什么流露切望？啊，花色呼唤我至花丛，一朵普通的花吗？一个普通的庭园，将丰盈着人间。

林子

喜欢林子，林子四季无常，归入华南植物园的记忆。疫情一来，又一次，进入经济的地动山摇。蓦地，我流转林子，一扇窗闯开给我，关于那个残酷的冬季，那时已顾不上欣赏的林子，以及林子的叶。一觉醒来，风雨过后？不经意回看。今年冬天，彻骨寒冷。悠然酣睡后的枝杈刺痛眼睛。漏风漏雨林子，啼声识破虚假。复活，红棉花开放，已经有了色彩，一片掩饰？不，英雄属于大家。还应该属于广阔的绿。一处高扬？十月的旗，伸手可触的伟绩。

涌边

整日絮语，同绿连在一起，一眼望并不悠远……风喜欢把绿吹到哪里向哪里去。粤语粤曲也顺着那方向，那方向犹如街坊的影子，就有多少的随口哼唱。有多少话与涌边的水相互交织。就有多少枝叶藤蔓相互交织。就有多少光影闪烁相互交织。就有多少男孩女孩嬉戏相互交织。小花小草的瞬息，是腾然扑目的惬意，心愿的潜流，就是涌边的无限。

（选自《湛江科技报》南国散文诗，2020年11月23日）

湖边遐思

_庄伟杰

倚坐在一汪湖水之畔。

听风轻轻吹绿枝头的嫩芽，观花静静绽放火焰般的桃红。

春意温润如美人的玉指，抚摸着我倦乏的肉身，眼前顿时随之发亮，懒散的肢体一下子被唤醒了。

或许，每一个来到这里的人，都渴望在水中张开灵与肉交织的网。

然后，寻找一方最佳去处，返归大自然之外的自然。

此时，静坐于聚龙湖边，重新过滤或冲洗着自己追问的胶片，扪心发问——

昨天我是谁？而今我又是谁？

仿佛遗失了一串湿漉漉的美梦，连同跟随自己流浪至今的乡愁和愿景。

当上升的时与光，伴和燕舞放歌，我用一杯香茗清理五脏六腑。

一羽披上阳光的诗意，将我带向水晶般的美丽殿堂……

月亮终于露面了。静默无声。

聚龙湖四周的山冈、树木、亭台、楼阁，新崛起的一幢幢别墅、大厦，以及零星闪烁的灯火，在暮色时分，变成一幅幅朦胧的水彩画。

在月亮的辉光里，透过聚龙湖，我依稀看到了一片海市蜃楼般的人间仙境，整个身心似乎坐在湖面之上。

或者，更确切地说，是置身于童话世界里，暂时忘却了尘世中纷纷扰扰的喧嚣。

素来喜欢自己认定的道路和事物。就像自己不管走到哪里，漂泊到何处，总无法走出故乡的词典。

于是打开人生的地理文化图，桑梓——始终是一个恒温的词，让我常常借助它的温度，来化解乡音的凝结。

那片挥之不去的情结，那份日积月累的眷恋，连同心空中悬挂的那轮浑圆的孤独，时常占据着我的脑海。如深谷传来回音，似子夜敲响钟声。

总有久违的激情在孕育，总有蔚蓝的亮点在牵引。

今夜无眠。在阳春三月，一路踏歌而来，没有忘情，只有陶醉。借来头顶的星光，洗濯落满尘埃的躯体，在家乡的锦绣里安顿一颗骚动不息的灵魂。

起身走在星光烂漫的湖岸，芬芳的香气袅绕着，不断地席卷今宵的每一个角落。

这时，三月桃花正在开放，像一个个突如其来的语词次第降临，交错地铺开一行行诗句。

漫步其中，我恍若某位栖息于世外桃源的居士，正走在通往美丽家园的路上……

（选自《作家报》2020年8月28日）

石磨

_何霖

在城市的一侧，我和一座石磨没什么两样，像两尊雕塑，静静地立在展馆的一角。

几个游客从身边走过，目光落在石磨上，也落在我的身上。

有人彷徨，石磨爬满网状的皱纹。蜷曲的手柄，于夜晚停止转动之姿。突然发现，我的记忆，被晓风的裙裾轻轻打开……

在院落，我与石磨对坐。我看见大米、黄豆没有了缠绵，没有了念想，在眼前飞舞；我听见游走在石磨上的气息和声音，掺进了乡民们的辛劳和温馨。

在一圈圈旋转声中，那些一粒粒的粮食被碾压弹起，又坠落。一次一次，按照既定的轨迹前行。

在一阵阵喘息声中，无数的玉液琼浆沿石缝慢慢渗出。这些水和粮食的混合物又成了餐桌上的一道风景。

吱吱呀呀，缕缕炊烟，石磨不懈的坚守，让"疍家糕"成为最好的晚餐。

乡民用锄头镰刀春种秋收，石磨用歌声打发岁月忧愁；乡民在汗水的浸润下浇灌了希望，石磨在喧嚣的世界里磨出了沟沟壑壑。

是谁的身影总在院落守望？辛劳和汗水，童话和歌谣，梦想和忧伤，都在铿锵有力的音符中飘扬、飞翔。

当乡间暮色，从涌边的榕树上溜下来，我看到了爬满青苔和杂草的院落，静静地躺着一个落魄的身影。

（选自《文艺报》2020年6月3日）

编钟

_熊亮

> 星星在唐尧的天空静谧,追月的彩云不知疲倦,上古英雄传说在星空下崛起。
>
> ——代题记

起

天人合一,干戚舞、韶乐。多少干戈化玉帛,几多史诗成神话。
编钟响起,编钟——响起!

这是来自上古的回音,这是上古的回响。
从混沌走向文明的礼,理应用青铜的庄重熔铸,以青铜为媒,锻造文明的音律。
于是——星辰安然,山河庄严!

猎

还是曾经被猎物鲜血浸染的高原,无际的辽阔,围猎还在风中继续。
一根木棍在飞行,一块石器在飞行,还有野兔或者野牛。速度与速度,围捕与脱逃。
生与死的交错,血,染透的兽皮,成就圣神战鼓。

以烈火，以青铜，以部族的号令，铸就商的名号。

青铜化为钟，铭文以记事。

狩猎的血性，欢愉，都在其间——错落有致。

编钟

你本来是周礼的重器，礼、乐并重，那是你的荣光。

钟声响起，庙堂静谧哦鼓乐开启。

朝代更迭哦时光流逝，青铜造就的瑰宝埋入大荒。钟声不再像以往那样清丽，只留下几页史书典籍。

苍穹浩渺哦钟声已远，战国的烽火散尽盛宴早凉。没有人能记起你的模样，也没有人能精准把音律敲击。

一钟双音，互不干扰，钟枚安放有序哦才有悦耳的雅量。两千多年后，曾侯乙编钟重见天日才解开你的重重谜底。

（选自《散文诗》2020 年 4 月）

运河

_晓弦

运河辞

水有其所，波有其根，穿过幽径，运河有自己的后花园，有疑似银河落九天的酒泉。

他喜欢投壶，品酒，填词，把月亮认作洋河里的美狐。

"绿，是最深的迷宫"，他喜欢俳句中芦花样的意境。当我说到虞姬，便有一束蓝光，从运河水面簌地飞起，去接引苹果园那只迷途的鹧鸪。

因了这束光的照耀，河滩打盹的鹌鹑、白鹭和野鹅，不约而同地觅到梦的碎片。连睡莲也忍不住泄露前世的风信。

……五百年前，一千年前，被岁月渐次抬高的河滩，长出成片野高粱和野山楂，长出京砖与酒坊，而游鱼得味变龙，飞鸟闻香成凤，这粮食的消亡，像项羽回到楚，青花回到瓷。

吞吐的运河

像一条鲸鱼，不停地吞吐，吞一些不该吞的人，吐一些不该吐的骨头；

吞一些驳船的残骸，吐一些吃水很重的煤渣、陶瓷，或粮食；

吞我为生产队罱泥的三舅。他把一支琵琶橹，推给别人家的儿子，自己随湍急的漩涡，回到前朝……

也吞子胥宝剑，和端午的赤豆粽子；

也吞项羽的长叹，这别姬的楚霸王；

包括一些村落和街市，但吐出的，是三塔、牌坊、酒旗，以及城郭扭曲之倒影。

雨意丰沛时，提起思念的淮安闸，让奔涌的诗意，坐上皇气十足的画舫，一路南下，寻访在水面行吟《鸳鸯湖棹歌》的船娘；

这么说，你就是一条天蚕，蜿蜒于社稷这片硕大的桑叶上。

（选自《鸭绿江·华夏诗歌》2020年第6期）

禅意海珠石

_成春

它总以仰望的姿态，瞩目花城的笑脸。

以下沉的姿态，以不语的姿态，乐观鱼虾自游，感受水土寒凉。见证了"十里长堤"的千年繁华，见证了海上丝绸之路的扬帆。保佑广州风调雨顺的海珠石，谁说"铁石心肠"？幽幽之思，我心之禅意，与海珠石共鸣。

磐石之志，灵心慧性的海珠石，任凭江流滚滚，任凭风雨雷电，岿然不动的海珠石，禅意的海珠石，始终坚守自己最初的信念。谁也无法改变它的坚硬，谁也无法把它捧在手心，任意欣赏和把玩。

江水碧绿，红棉似火。热血澎湃的秀丽珠江，千帆过尽，你却风采依然。海珠石，你这"海上明珠"，一块奇石，珠光宝气，光芒四射，无尽遐想。你的前世今生，除了坚定，就是光亮。神清气定的海珠石，也许你早已铭记，柔情的珠江水对自己的滋养。

涨落之江水，沉浮之人间。默默目睹苦辣酸甜的花城，默默为一座城的兴旺描写渴望。早已醒来的海珠石，天生"神力"的海珠石，被无数企盼拥抱的海珠石，与花城人一道，把更美更甜的幸福展望。

人生风雨弹指间，海珠一石慰狂想。总有人纠结江畔何人初见月，微笑的海珠石默无一言。

清空安宁的心，禅意鲜花般绽放。怀天地之冷暖的海珠石，以风浪洗礼的海珠石，即便海枯，石也不烂！

（选自《大沽河》2020 年 12 期）

我把一只酒杯长留故乡（外一章）

_ 孙善文

奶奶说，你想家了，就回来陪乡亲们拉拉家常，喝喝老酒，斟上满满的一壶，满满的一杯。

老酒很香醇，一壶，我醉了。它倏然滑过舌尖，过喉，入嗓，轻车熟路，火辣火辣的，暖和着我的耳根。游离的酒气，无数的嘱咐，在饭桌边慢慢地打转着。

我沉醉在奶奶的那张床上。那晚，无数的异乡与我同眠。

奶奶是不爱喝酒的，我在他乡，也绝少贪杯。但她每一次来电，都叮嘱我不能醉酒。奶奶，请您放心，我只醉在故乡，因故乡有您，我们喝的是老酒。

一只酒杯，因盛过老酒，也就盛着故乡的山和水，盛满奶奶的希望和牵挂。回家喝酒，只是一个老人期待相聚的理由。

故乡依然，却已没了奶奶端来的老酒。

奶奶坐在祖屋高高的神龛里，静静地看着屋檐下的老燕徘徊。我们默默地对视着，只感到杯杯乡情依然在为我洗涤风尘，一次次把我灌醉。

我还继续远行，酒杯已长留故乡。

岭南雪红

岭南下雪了。

一场纷纷扬扬的雪，跨越一个个北方的纬度，从一棵棵长在岭南的紫荆花上突然砸下。一枚枚地砸，一路路地砸，蕴含着时间的重量和温度。

这岭南的雪，铺在树下，还是红色，新鲜的红，红得满地，像北方那漫山遍野的白，舒展着天生的自由和淡然。

冬天的岭南，没有雪，只能看这如雪一样挥洒的花。到了激情飘舞之时，季节的行走都是如此毫无恋意。

一群群年轻人来了。在紫荆花树林中，他们顶着北方来的风，欣赏着南方的如雪般的纷飞。落花被堆成了一个个心形。他们合十双手，试图从季节的碎片中打捞幸福的元素和祝福。花如祭品，无数的唇语，夹在风中。一对老人走过，手暖着手，蹒跚地踩过花径，笑如花红。

南方，就在南方，与皑皑白雪一样洒落的花，用音色渲染每一双眼睛每一对耳朵。紫荆花的红，像远处的掌声，一片片在树下及网络时空中拨落。

我满目落红，如雪又如火。每片雪融，都将烧去诗词一朵。

（选自《湛江科技报》2020年9月7日总第1434期）

青蒿

_李俊功

渡过你的苦、腥臭。

认出前世之缘，神的潜在，从昏蒙中抬起头，蔚蓝的执念。

幼鹿之侧，葱绿云朵掬风，与清露。

浴我，心。

只爱，爱过每一个早晨。

素装男女相挽。歌词淘洗暗黑的星辰，技艺上的茎叶，传授所谓的刀术、善射，靶心的颤抖。

足音欢快。追击遗忘的麦穗、莲藕，丽丽鸟啼。

十倍的元力，给你。

我是我的初恋。旧我如履，如石榴的高举、留下种子含口，翻转沃土的丰腴数据。

试着自芽苞里领取暖，孤高。

逾越想象之极。一抹绿云，时空之旅：目光，居于高端，采摘到延续的期冀生命！
把身体的茂盛，立体至菩萨额眉。

善慈的手，
拨开流泉碍石。
流动声响，荡涤围拢而来的迷雾，和壁立的恐惧。

结缘的一株，已然被我及早拣选。

（选自《大沽河》2020 年第 1 期）

一幅简笔画

_ 封期任

摇摆的金钱菊被一只黑色的利爪，抓破了细嫩的肌肤。
一个年迈的老人，赶着牛车，把一堆柴火送进了柴房。
风，从村庄上走过。把自负的欣喜，挂在光秃秃的树梢。它奔跑着，挥舞着鞭子，鞭笞着衰老的河流。
几只水鸟，落荒而逃。

风,是土地的疯狂。
它尽数地肆虐村庄裸露的身子,吮吸村庄惨淡的血液。
它无视土地的呻吟,无视山林的悲鸣,一个枯瘦的骨架也不放过。
暴虐下,精灵们失去了经年的鲜活与蓬勃,渴望——渴望——

薰衣草么?
仰天长笑,对雪与冰充满着的敌忾,与愤懑。
精灵们用黑色的眼睛,穿过白色凌条乔装的世界。
同梅花一起怒放,红血浸染了雪地。
寂寥的村庄升起了炊烟。
几只麻雀,蹿上蹿下,但为一粒麦子,不顾角落里上拴的猎枪。

风,狼一样嚎叫,搜刮着村庄所有的麦子,填饱它宽大的胃腩。
酒足饭饱后,还在打麦场上跳着淫荡的舞蹈,引诱饥渴的眼睛,一步一步,一步一步地滑向它温柔的陷阱。

村庄,漠视一切威逼与引诱。把风的咆哮与伪装的温软,抛掷于山野。
把自己朴素的哲学与庄周的蝴蝶连成一串珠子,像风铃一样,挂在窗前,摇醒酣睡的灵魂。还像一个老人,独坐在风雪封门的茅屋,烫上一壶老酒,煮沸几片雪,看红日的光影,挂在墙上。

(选自《散文家》2020年"记住乡愁"卷)

九月，在浆果的蜜汁中醒来

_刘海潮

从此以后

从此以后，叶子就蛰伏于苍茫之中，含苞的欲望突兀在树的根部。

从此以后，长发绾起，羽扇纶巾，琴弦上的音符再也不能盛开。

从此以后，机杼已断，尘缘已了，花朵隐匿于视线顶端。

从此以后，红晕渐微，狭路再逢，不知是纤指弄影，还是冤家相忘于江湖。

月，正食；

花，未开。

酒，已残；

茶，又凉。

二十圈年轮抵挡不住蛇的诱惑，抵挡不住厮守的光芒。

霓裳的桥已经搭好，海妖的歌越来越近。

握紧拳头，谁会是手心里面的最后那粒沙砾？

九月， 在浆果的蜜汁中醒来

叶，渐黄；月，渐圆。

九月九，日历的眉心挂满茱萸。

果酱充溢，蜜汁丰盈，早上八九点钟，早饭将完未完，阳光欲言又止。

阵痛过后，太阳跃到歪槐树上。两间茅草屋里，生命的张力柔软而坚韧，清晰而悠长。

那天是重阳，那月是九月，那年是羊年。

母性的豫东平原，韧性的葛巴根，钢性的沙鼓堆。

泥捏的人呵，水做的人呵，沙丘泡桐柳疙瘩白腊条呵，盐碱地红薯片水萝卜棵猪毛尾菜呵，玉蜀黍糊糊榆钱锅饼槐花窝窝头呵。

九月在九月醒来。

我在九月醒来。

九月的黄河滩，九月的黑里河，九月的葡萄架，九月的土山寨，九月的九月九！

哦，九月，九月！

（选自《大沽河》2020 年第 1 期）

复活的石头

_ 亚男

石头死了。

这空荡荡的人间，对于流水，太容易改变流向。即便有激流和险滩，石头也不曾怕过。

石头是坚韧的，有不灭的血性。

在古代，石头可以冶炼刀剑，有刚烈之性。眼下，石头死于谎言，死于空洞，死于空气的变质。因为土壤和气候的酸碱的改变。

石头死得多么不甘心。

这个世界没有一成不变的，石头不但要承受外界的击打，还要遭遇雨水的侵袭,更要有甘于粉身碎骨的勇气。

江水越来越近了,我只想抱紧江水。

用江水洗涤我的浮躁。

江水写下的誓言,滔滔不绝。

江水反复练习挚爱。石头刻下"细水长流和静水流深"。

我看到人间有堂吉诃德一样的冲锋,在滑稽和荒唐里嘲笑石头。

但人间又给予了石头复活的机会。

这鼎盛的六月,石头以蓬勃之势复活。

茂盛的人间,虽然修桥铺路已经不用石头。

但我还是坚持做一块石头。尽管只配在荒山野岭,即便死了,只有石头,才死心塌地地爱着这人间。

我就是一块复活的石头。

(选自《湛江科技报》南国散文诗2020年10月26日)

栅栏

_ 崔国发

一步阻断:越来越多的叶子,对往上爬的青藤,颇有微词。

最后的藤子,还是没能攀越到巅顶。

是谁的一声长长的吁叹?

花事已尽,一阵秋风,告知它日益枯萎的命运。

不管你是否承认,都无法绕过,被栅栏拦住的铁的事实:禁止通行。隔空喊话的知了,从树梢掉落地下,于偶像的黄昏,选择了浅唱低吟。

时间的囚徒。我虽非困兽,但我知道,心与心的交流,不在于距离的远近。

素昧平生，形同陌路。可以相望，而不可及，因为我们中间扎着一道密匝匝的樊篱。森严壁垒，使内心闭锁，有时让我们真的无法揣摩到复杂的世道人心。

拒绝入侵，于是我深深地感知：桎梏的两面性。

此刻，看见一只缓缓飞过的鸟影。

于栅栏的另一边，不知是否也曾爬满：一根根细密绵邈的青藤？

（选自《吉林散文诗》2020年第2期）

江南的水

_ 赵振元

水，是江南的生命，是江南的灵魂，是青春的活力，是蓬勃的朝气，是焕然的新貌，是永不枯竭的生命源泉。

水，是江南的通道。江南的水系纵横，湖泊遍布，河流穿越，水流不断，构成了四通八达的水上交通网络。这些水路既是水上的通道，也是连接的水路纽带，更是美丽江南的独特风景。

水，是江南富饶的源泉。江南，因水而美，因水而富，因水而灵，因水而生。清澈的水，滋润着江南的万物，滋润着江南的大地，灌溉着江南的千里沃野，使江南成为富饶的鱼米之乡，稻花香里说丰年，离开了水，便一事无成；纯洁的水，养育着勤劳的江南人，江南人因水而变得更加灵性，变得更加智慧，江南人生性聪明，水是灵性的源泉；源源不断的水，使江南万物充满活力，充满生机，充满不竭的生命源泉。

水，成就了江南的美丽风景。黄浦江惊涛拍岸，记录外滩百年兴衰史；钱塘江的滚滚怒潮，卷起万丈波涛；太湖的波浪宽阔，澎湃不息润千里；西子湖畔名人留诗篇，千古不朽成史话；瘦西湖的杨柳依依，湖上绿翠，二十四桥明月夜，玉人何处教吹笛；千岛湖多姿，千转百回，如诗如画；秦淮河边，夫子庙前，常听琴声悠扬忆往事，商女不知亡国恨，隔江犹唱后庭花；古运河深沉引吭，穿越古镇，奔向现代；南湖水清，托起红船一路前行，红遍整个世界；蠡湖恬静连太湖，美丽如画，衬托着江南名城；乌篷船，不停穿梭，来往在江南古镇的河道之间；东湖夜色闪耀，水波泛光彩……江南的美景，正是这一幅幅美丽的图画所构成的，光彩夺目，多彩多姿。

　　水，是江南翠绿的源泉。江南大地，青山绿水，绿草茵茵，树木挺拔，犹如座座金山光耀，犹如座座银山闪烁，水是江南绿色的世界的源泉。清清泉水，装扮着江南绿色的世界。

　　水，是江南的梦幻。春天里，江南春意盎然，勃勃生机，万物复苏，劳耕播种，樱花盛开，百花园万紫千红，这一切源于水；夏日里，瓜果熟了，庄稼茁壮成长，绿色葱葱，万山翠目，这一切源于水；秋日里，稻香谷熟，桃花香了梅又醉，瓜果芳香，到了收获的季节，这一切源于水；冬日里，温暖阳光下，万物生命仍然蓬勃，这一切源于水。

　　江南的雨，成就了江南的水，江南的水造就江南万物，在阳光下，在和煦的风中，江南永葆青春活力。

（选自《散文诗世界》2020年第9期）

南岭（外一章）

_华海

一

在去山里的路上，要用去半生的光阴。与你相约，去一朵花里结果，在一只果里做梦。

禾雀花悄然向后退去，一直退到牛鱼嘴的山崖边，退回刺桫椤、猴面鹰的睡梦里。人的喧哗和脚步，渐渐靠近……

二

在山中行走，你听到自己寂寞的脚步。

后来，在落叶和昆虫的声音里获得一些安慰。你已断了另一些念想，在此可以放下。

一只蜻蜓的翅膀在草花上闪动，从树丛中钻出来的风猫着腰，撩乱了一地光斑。你看对面岭上的人，很近又很远。

三

在南岭，你曾经在慌乱中迷途，把狂热抛向半空虚妄的幻影。那是一个岔路口的傍晚，下临巨大的悬崖和深渊。

在宁静中，另一种神秘的声音响起，让你放低脚步，沿着风的暗示，沿着一条蜿蜒的小径，走向人迹罕至的丛林深处。

山岭葱茏，草木在丰沛的雨水中湿润，也滋生欲望的气息。你把草庐垒在向阳的南坡——此处无路，心可安居。

苍鹭

我想，那是在冬天，在一个黄昏。它独立在江水边，一对灰黑色的修长的腿，让它的身体显得格外瘦长。它一动也不动，水里的影子慢慢与渐浓的夜色融合到了一起。

我想，只远远地看着它，看着这隐士一般的苍鹭。

其实，它是一个最有耐心的狩猎者，等待着一个猎食水中游鱼的瞬间。然而，没有等到那个瞬间，我便会悄然离开。它仍在我的身后伫立，守望着一条江，守望着一条江上的瑟瑟寒风，乃至成为整个季节中凝然不动的那个黑点。

它却是一种大鸟，黑色的头羽和苍黑色的背羽，让它隐隐透现一种沉稳和坚毅的气质，一种苍松岩石般的气质。由此，我联想到"孤舟蓑笠翁，独钓寒江雪"的唐人诗句。而在江上独钓，那是一种什么样的心境呢？也许，只能回到历史或诗歌的苍凉背景里去体会。

在虚拟的想象中，我一直没有走近那只苍鹭，它也沉浸于它独有的静穆。那是不怒而威的静穆，似乎在无言中有一股震慑人心的力量，逼着我向后退去。

……我终于退回到苇草飘摇的岸边。突然，听到水边的苍鹭发出一串呱呱呱的叫声，像从喉咙底迸出，深沉而高亢。

（选自《清远日报》2020年9月8日）

老兵

_堆雪

　　军装已经很旧，就像洗白了搭在绳子上被风招展的心情。
　　又是周末，那些浸透体味和汗渍的迷彩服，需要反复揉搓。拧到最后，怎么看，都像是泪。
　　老兵已经习惯了军营的规整和孤寂。习惯于接受和服从。
　　走路时有力地迈腿、摆臂，裤缝里擦出不小的风声。
　　习惯在白杨列队的路上，两人成列，三人成行。习惯走着走着，自觉或不自觉地，前后对正，左右标齐。
　　习惯在昂首阔步中，喊出"一、二、三、四"这四个最基层的数字。就像一匹老马，熟悉身下起伏的路。
　　老兵在号声与哨音里穿行，抬头挺胸，整齐报数，站在队伍的最前头。
　　那支被记住代号的枪，对于他们，比女友还要熟悉。
　　老兵之间，常蒙上眼睛，进行武器的分解与结合比赛，以瞬间计算成绩。枪械上，那些功能不同的零件，已被他们的十指，磨得锃亮。
　　快退伍了。老兵有些不舍：舍不得战友，舍不得营房，也舍不得那棵风雪中陪他站哨的白杨。
　　其实，这些年，老兵什么都能放得下。唯一放不下的，就是手中那把枪。
　　老兵的遗憾是，作为战士，他还没真正上过战场。
　　那支镌刻了他姓名的枪啊，不止一次地，在梦里上膛。

（选自《人民陆军报》副刊 2020 年 2 月 23 日）

情系石龙（组章）

_谢应明

石龙河

石龙，是东莞改革开放的先行地之一。

石龙河，是石龙镇的命脉。

八十年代中期，我有机会在石龙河岸散步。两岸水草丛生。顿生芳草萋萋石龙河的诗情。河上有石龙桥，是水泥桥，不算现代化，但异常繁忙。

石龙，是东莞市镇办企业最发达的城镇之一。她务工的工艺厂制作塑料鲜花，加工塑料珠链。我第一次见到漂亮得像真的一样的假花、假珠链；我第一次听到一位乡下姑娘说着当"拉长"的骄傲；我第一次觉着农民工入城后面对社会的坚强和自信！假花、假珠链，就是从农民工这种自信中走出石龙，走到深圳，走向香港，走遍全世界。

这是一种涅槃。从小山村到大城镇的涅槃，从农民到农民工的涅槃，从农民工到城市主人的涅槃，从贫穷到富裕的涅槃，从落后生产力到现代化大生产的涅槃。是中国农村的涅槃，是中国城市的涅槃，是中国的涅槃！

广州到深圳的火车，石龙有站。深圳回广州的高铁，石龙有站。从60分钟到30分钟，是时间，是速度，是效率，是心理的变化；是乡村，是城市，是国家发展富强的历史变迁；是经济，是文化，是科技不断提升的历史见证。

石龙河，曾经荒草萋萋，如今是河道整洁，河水清澈，河灯璀璨。石龙也发展了许多新的产业，实现了腾笼换鸟。传统的工艺厂，光荣地完成了来料加工的使命，毅然走入了历史。但人们不会忘记，石龙河不会忘记，我也不会忘记。

石龙砖厂

这里曾经是一片良田。可以想象稻麦粱菽开花和成熟时的诱人风景。

城市发展了，高楼要成为风景。

红砖成了风景的基础。砖窑建起来了，良田成了矿藏。白烟，黑烟，又成了风景。他们曾是这里的泥砖匠，风景的缔造者。

我曾见过他们满身泥水，我曾见过他们住的茅屋，我曾见到他们累弯了腰，我曾歌颂他们是新城市的建设者。但今天我知道了，他们实际上是破坏者，无奈的破坏者。

农田，演化成一锹锹黑土、黄土、红壤。泥匠们把泥土碾化成一池池熟泥，再抟化成一方方砖坯。砖坯被重重地摔进砖模里，再被弓弦狠狠地剖开了身体，被生生地一五一十地抬出去，叠出玲珑剔透的长城，等待风干。最后在太白金星的炼丹炉里，炼个九九八十一天，终成了正果，红遍石龙，红遍东莞，红遍整座城市。

拖拉机在乡村大地痛苦呻吟。大卡车泥泞着道路，哭泣着拖着红砖跑遍周边城镇的各大建筑工地。农村变了，乡镇变了，城市变了。该变的变了，不该变的也变了，然更该变的没变。

挖地三尺，毁了良田千千万；烟笼雾绕，黑了村庄万万千。城市已崛起，农民还缺吃。既失了土地，又缺钱买粮。进城的农民，仰头指认，石龙红砖。回想家乡良田，不觉泪洒街边。

发展应有新理念，教训也是好教材。

红砖成了历史，田野回归青绿。生态砖，环保砖，成新时尚。红砖厂成了历史，红砖窑也不再静卧田野。新城镇在崛起，新农村在变化，新农民在成长。那帮泥砖匠，成了石龙的新创业者。

如果该有一座砖博馆，就让它建在石龙吧。能不忘历史，能留住乡愁。

（选自《大沽河》2020 年 12 月）

（选自《湛江科技报》南国散文诗 2020 年 10 月 26 日）

过门儿

_宋庆发

　　因为爱情。红盖头一披,便被人从娘家熟悉的门槛引出,踩着一路撒满五谷豆的旖旎,上轿,赶路……唢呐声起,下轿,在"齐福人"的牵引下,沿着撒满麦麸和花瓣的美好,迈步,提脚,跨过门槛,入宗祠,拜公婆,进夫家。一路吹吹打打,两家欢欢喜喜,门外漂亮门内香,姑娘变新娘,婚姻因仪式而幸福绵长。

　　因为戏曲。过门呀,节奏的轻重徐急,需要你金贯玉串;唱念的抑扬顿挫,需要你山衔水接;动作的腾挪跌宕,需要你云揉雾攘;句逗间的流转,需要你莺承燕启;首尾间的留白,需要你卯呼榫应……全曲有了你,门儿才有道,所有音符的排列、所有丝竹管弦的组合才更高效。

　　因为武术。管它是外门还是里门,侧门还是正门,反正对练双方都得开门,都得过门。过门,既是对对手的尊重,更是对武德的尊崇。谁说"过门的都是客"?武者哪位不是自己的主、自己的王!

　　关乎民族和命运。"过门不暇入",古之人不余欺乎?一颗颗血淋淋的头颅被呈现,一本本破旧的书被合上又被打开,一串串生锈的钥匙被重新从地上拾起别到城邦的腰间,一曲曲长调被点燃,烟炎张天。

　　历史的主角,慢吞吞地,从未来,登上前台。

(选自《中山日报》2020年9月3日)

樵山竹韵（外一章）

_林兆帆

初秋的雨水刚刚湿润了西樵山酷暑过后的热土，秋风秋雨秋意的冲动从林荫深处悄悄袭来。

登山临水，返乡秋游，惬意赏竹，那是我无法抹去的一缕情丝；村边生长着的四方竹，远近闻名，那是我家乡的印记。

北回归线的阳光把竹子晒得脱俗奇特，而温湿相宜的气候，让竹子舒展自如、落落大方；棱角分明的竹子，更联想到"天圆地方"的美丽传说；坚挺正直的身段，更像热爱大自然的守护神。

四方竹，在我家乡的寺边村这片宝地生根发芽、枝繁叶茂；灼人的紫外线未能把枝叶烤干；风吹雨打，无法撼动并肩向上的信念。

四方竹，眷恋着樵山这片土地，方刚、坚韧；经过秋雨的洗涤，更显秀丽而洁净，她与众不同的魅力令山更青，水更蓝……

我钟爱四方竹，爱她独特的四方棱角，更爱她风韵和气度。

微风吹来，我禁不住深深地呼吸着她那清香的涵养……

四方竹，我家乡的名片，我心里的竹中骄子！

（选自《大沽河》2020年12月）

红豆杉情愫

金秋季节，秋风送爽。

我惦记着西樵山桃花园里那一大片红豆杉林，脚步自然抖动起登山的节奏。十年来寒暑交替，我从未间断与红豆杉的情愫。

沿着登山栈道拾级而上，穿过第一洞天，扶摇直上，跨山涧水，绕天湖，穿茂林，直抵桃花园景区。

红豆杉，藏于毓秀的山岭中，未曾撩开她那神秘的面纱，鲜为游人所识，她是国家一级保护植物，美喻为植物中的大熊猫，浑身是宝。

十年前，公益团体，捐建红豆杉林，改造林相，造福樵山。近七百株红豆杉树干挺拔，枝叶如鸟翅，雄踞桃花园东西两翼，郁郁葱葱，为樵山添绿。

此后，岁岁金秋十月，我必随秋风而至园林，除杂草、落枯枝、培沃土、施追肥、浇灌林木。

涉足园林，奇香袭人，踏秋游览赏心乐事。

杉林中，偶见憨态可掬、逗趣可爱的小松鼠居然也迂回曲折地从松林偷偷跑来红豆杉林里。

莫非是红豆杉骨子里的幽香把它吸引过来，也许是要来亲睹一下植物熊猫的雅态与芳容？

红豆杉，以百万载的年轮，谱写着西樵山悦人的乐章。

（选自《文化参考报》2020年11月）

逐梦
——致青春（外二章）

_黄宏欣

五月的风，携一缕浅夏的芬芳，吹进了青菁的校园，拥抱最有活力的一群。不管是东南风还是西北风，都能把孩子的梦想带向远方。

青春是最绚烂的一段年华，你可以什么都做，也可以什么都不做，你可以发呆，你可以痴想，你可以神游万仞，也不妨精骛八极。拥有青春，就拥有人生至高无上的选择权。

仰望星空，星空一片斑斓；脚踏实地，大地无限苍茫！在天之涯，海之角，逐梦，逐梦……

等

校园里的花，开了又落了，只有鸟儿在树梢呼朋引伴，唯独没有你们的欢声笑语。

树上的芒果，青了又黄了，只有蜂蝇在嘤嘤碌碌，唯独不见你们嬉闹欢腾。

偌大的校园，宁静安详又寂寥，每一个不曾起舞的日子，都是对生命的辜负。

孩子们，明亮的教室期待你们书声琅琅；宽广的跑道期待你们挥汗如雨；整洁的宿舍期待你们相聚如欢……

孩子们，我在校园等你，等你们归来，一起诉说这个春天的故事！

绿道珠帘

徜徉在东涌的绿道，是一种无言的享受。遥望骝岗大桥，车水马龙，风驰电掣，纷纷扰扰，没想到咫尺之遥，这里竟像一方净土。瓜果的芬芳，藤蔓的放肆，水车的欸乃，蜂蝶的飞舞……一路陪伴，一路相随。但是，这还不是绿道的全部。

穿越硕果累累的瓜果长廊，我的眼前突然一片黑，不，准确地说，应该是一片紫。漫天的紫，满眼的紫，看不到尽头的紫，一条条，一帘帘，一幕幕，千丝万丝，从架子上瀑布般倾泻下来，赫然与你不期而遇，美到窒息，美到爆表，美到无法呼吸。

在这个粉色的世界里，我跌跌撞撞，一会欢呼，一会惊叹，仿佛迷失在紫色的瀑布藤海中，无需多言，更无需打救，一切就是那样美好！我心里在默想，这道重重叠叠的珠帘每天吸引了多少游人骚客，假如这道珠帘一直无穷尽地延伸下去，我愿意一直探寻下去吗？

你或许走过千山万水，你或许历经千难万险，可是，你一旦与这片珠帘相遇，恐怕依然无法走出这美丽的紫色陷阱！

（选自《散文诗人》2020年12月）

波密云杉

_李伟成

我是波密的一颗云杉籽。

离地面五十多米高的杉树梢上一个不起眼的杉果就是我的摇篮。可能是因为不起眼，鹦鹉和松鼠多次在我的摇篮前经过，却没有动作。我幸运地平安度过襁褓期。

十月金秋的一天，杉果砰的一声爆开，我和我的兄弟姐妹离开了养护我们的摇篮，漫天飞洒，好像一场种子雨。兄弟姐妹下落各有不同，有的掉到小溪里，随着水流到帕隆藏布江……

有的掉到光秃秃的石头上，没有办法接触到土壤……

有的掉到空旷的平地上，不小心成了小鸟的午餐……

而我，落到一个大石头的缝里，似乎上不着天，下不着地的。

开始挺纳闷。

有一次，一只小鸟发现了我，它把脖子伸得快抽筋了还是够不着我，只能摇摇发酸的脖子飞走了。

又有一次，一头香猪发现了我，它用毛茸茸的大嘴拱了几下我栖身的大石头，而石头一动不动，猪扭着大屁股离开了。

……

那时候，才感觉到我多幸运呀！

三个月之后，我在石缝里度过了冬天迎来了春天。

在冰川融水温柔的滴灌下，我发出了芽，生出了根。

但是，根离石缝深处的土还有十厘米左右。十厘米，对幼小的我来说可是一次长征。别无他法，心无旁骛。

我把根拼命地往土里够。

一周的不懈努力，根终于够到土了，新的征程也开始了。

三年之后，我的根已经牢牢把原来保护我的大石头环抱着，木头和石头结成了形影不离的亲兄弟。

石头兄弟说：

他看好我，因为我有一颗坚定不移的初心，一定可以长成参天树。

为了扎牢根基，抗风顶雪，石头给我介绍了一位又一位石头兄弟，我也一一地与他们拥抱在一起。

三十度春秋，我已经高达三十多米。

杉树亲戚们都说我长得帅。

然而，帅也会惹麻烦。盗伐者盯上了我。还是幸运，我长在特别险峻的悬崖上，盗伐者多次没有得手。

但是，我看周围一些大树兄弟被无情地砍伐，木屑飞溅，轰然倒地，沙尘蔽日。

而我只能无助地旁观，默默地落泪。

忐忑不安的日子何时到头呢？

直到有一天，我看到对面的大石头上被刻上几个红色的醒目大字："绿水青山就是金山银山。"从此，我再也听不到伐木的悲鸣，只听到栽树造林的欢歌。

我庆幸，一颗小杉籽，长成栋梁材。

每天，与仿如哈达的白云交融，向湛蓝深邃的蓝天攀升，为勤劳勇敢的珀沙（藏语发音，意为：小伙子）挡雨，为善良美丽的柏穆（藏语发音，意为：姑娘）遮风，为远方的来客倾诉高原的动人故事。

我庆幸，经历千般苦，迎来新时代。

在波密这方热土，见证通麦天险变通途，万年冰川，千年桃花，藏王故里焕发新光。

在波密这方热土，见证农牧民摘掉了贫困帽，做神圣国土的守护者、幸福家园的建设者。

勤劳致富创业忙，山城处处新气象。

我，一株云杉，要继续茁壮，一百年太少一千年不多一万年不算长……

屹立在世界第三极，为祖国站岗，奉献绿色发展的力量！

（选自《羊城晚报》2020年12月1日）

我家的"小客人"

_唐雪群

滂沱大雨过后，小区花园里静悄悄的。就如一个闹腾淘气的熊孩子惹怒了脾气暴戾的大人所留下的一片狼藉……没有一个闲暇之人前来窥视。

看吧，尖尖的绿叶还在委屈地掉着亮晶晶的眼泪呢！经不起折腾的干枝、黄叶任放肆的狂风摆布着——横七竖八地被搪塞在每一个角角落落。

我一边接听工作电话一边习惯性从楼上的窗户往花园里随意张望。娱乐场的塑料垫上一团"黑色"——像宝石般在我的视线里闪烁，一阵惊喜鹿撞着我忙碌的心扉，莫非是一只乌龟？

想买一只乌龟放养在自家的鱼池里已是我久远的渴望！诸多因素迟迟拖延，然！热望的火焰高涨着……我不相信幸运之神将为我披上绚美的彩衣，但目不转睛的凝视丝毫没有放弃无意的奢望！

时空唤醒了灵性的舞动，"黑色"一个翻身四脚朝天好像在得意地向我打着招呼"我在这里呢"！没有比这个"动"更使我怦然心动的了。我欣喜若狂，挂掉电话，往楼下飞奔而去，并对着在楼下的妈妈大声喧嚷着，妈妈妈妈……我看见一只乌龟在娱乐场……

像贵宾临时大驾光临，受宠若惊的我呀！奔涌出童年诸多童话般的色彩。拿什么道具去迎接"贵宾"的到来？找到手执小捞网又害怕被人误解——放弃，拿上菜篮又感觉太过招摇——不妥。一时急中生智，找到了一个干净的白色环保袋，引着妈妈半跑半等来到了娱乐场。

一只露着白色肚子，顽皮伸展着四肢的乌龟正嬉闹着等候我的到来。我诚惶地四周扫视了一圈，诚恐被别人发现我"从天而降的好事"。心里好像在暗自责怪他不必如此张扬。而脚痛的妈妈则像得到了一种神奇的嘉奖似的变得敏捷起来了。

我快速地在乌龟旁蹲下来慎重地把袋口垫在他的侧背边,灵动的他懂事般一翻身就躺进了环保袋。我乐呵呵地把袋子提起,献礼般地递交给了身边的妈妈。多么像把一份幸运郑重地托嘱在她多皱而热切的手上啊!久违的笑容在妈妈沧桑的脸上绽放了,跟初升的太阳争辉!妈妈毫不吝啬地赞美着我的好眼力、我的好运气……

爱在爱的柔波里,笑在笑的春光里荡漾!乌龟在我的精心呵护下顺利地住进了我家鱼池。鱼儿们以水为鼓欢接"小客人"的到来,在那一池碧绿中,从此多了一位忠实的伫望者——我家的"小客人"。

祥云缭绕,瑞气风生!爱是家最神圣的欢乐园……

(选自《湛江科技报》南国散文诗2020年11月23日)

莲花山花儿会

_扎西才让

那边,女花儿把式把头藏在洋伞下,那唱歌的小嘴大胆而深情。
这边,男花儿把式一边静听着唱词,一边思谋着该用什么对词来反击。
帮腔的歌手各自围拢在把式周围,眨巴着情爱的眉眼,远远地挑逗对方。
草木葳蕤的莲花山顶,六月六的朝阳,照耀着这块小天地里的子民。

我是在描述爱情的本质与境遇吗?
我是在隐喻爱恋带来的种种体验吗?

人世间多的是富有象征意义的人物,种种画面,充满奇特而复杂的寓意。作为旁观者,我在聆听他们的对唱时,会陷入对乡村爱情的深思。但作为参与者，我渴望这情景更热烈更欢愉，甚至完全该有莲花绽放时的大胆的色彩。

（选自《散文诗世界》2020 年第 4 期）

三峡恋曲

_张伟棠

大宁河

  小三峡，大宁河，小峡大河美景多。

  带着大巴山的泥土气息，游巫溪，穿巫山，道不尽岁月如歌、说不完风雨蹉跎。

  原始古朴的群峰造就了弯弯东流的河道。四水归源的溪流汇成了浩浩荡荡的大宁。雾气缭绕的雨岸构成了缥缥缈缈的仙境。

  滴翠峡，大宁河上第一峡。悬崖峭壁那倒挂的青松，崇山峻岭上飘荡的云彩，还有那一片片临水而居的翠竹，让人过目不忘。

  巴雾峡，你的绰约风姿展示了大宁河的明静秀美；你的含情脉脉暗示了小三峡的风情万种；你的婀娜多姿展现了大自然的鬼斧神工。

  龙门峡，山青水碧，原始古朴。袒露的河床上布满经年冲刷的鹅卵石，大的小的，黑色、白色、金黄色、赤红色，还有黑白相间各种颜色。这是天然瑰宝，一河两岸，目所能及，全是大自然赋予人类的宝藏。

  不是三峡，胜似三峡。

  自从投入了万里长江的怀抱，大宁河融入了三峡的同台大合唱。小三峡也获得了新机遇，更加坚定了前进的方向。

河与江相融，山与水亲吻，人与自然和谐共生。

神农溪

延绵 60 公里，来自珍禽异兽的乐园、野生植物的天堂、人迹罕至的森林——神农架。

携手众多兄弟姐妹，汇成一股强大力量。一路欢歌笑语，唱尽喜怒哀乐，千年流淌，万年沧桑。

观赏神农峡的粗犷，赞叹鹦鹉峡的雄姿，又见龙昌峡的壮美……从原始部落到罗坪古镇，从叶子坝到官渡口，从涓涓细流到滚滚长江……

巍峨华中第一峰，孕育长江第一溪。河中清澈的溪水，两岸翠绿的山峰，谁叫你如此多情？谁叫你如此秀美？

曾记否，健壮的纤夫那裸露的胸肌，古铜色的力量拉动着历史性的帆船，嘹亮的号子撼动了岁月的轮回。没有你坚定向前的步伐，哪里能到达幸福温暖的家。

为万里长江注入动力，为三峡风景增添光彩，为中华大地添砖加瓦。

看，古老的村落洒满了温暖的朝阳，年轻的土家妹子跳起了优美动人的巴山舞，婉转的旋律汇入了滔滔长江那催人奋进的合唱！

（选自《湛江科技报》南国散文诗 2020 年 8 月 24 日）

坪地，我回来了（外二章）

_ 梦秋

昨晚梦见自己沿着弯弯曲曲的羊肠小道，爬上家乡最高的山，像神鹰一样鸟瞰苍生。

坪地，我回来了！我只想爬山攀树回忆童年，只想览山揽月怀念祖先。

坪地，她在想我，我像一只跪乳的羊羔。

坪地不平，她挂在半山腰，参天大树紧紧把她拥抱。

开门见山层层山。这有大山无言的朝拜，这有绿树无悔的陪伴。

祖先选择了这块宝地，让对面巍峨的木生山脉成为一条门槛，越过门槛就可以到达远方。

春天到了，一树树五颜六色的花竞相开放，多情的云雾轻轻地、美美地、痴痴地把山寨缠绕；夏天的雷特别响，地动山摇，就连闪电也特别刺眼靓丽；秋天的枫叶红得像烙铁，酸枣树黄得像金子，而杉树还绿得像翡翠。成熟的各种野果引来成群的大鸟小鸟，它们亦歌亦舞，为不再忍饥挨饿。冬天的雪或迟或早，终将来到。屋檐下垂下一条条冰凌，成了孩子们手中的剑。

读书声应和着山风吹过绿树的浪潮，复式班的日子亦如此美妙，绕过木生山脉，我成了家族子弟读书的骄傲。

如今，坪地平了，那一座座泥土房全部推平，种上了树。这里再没人住，只有祖先的神灵在守护，为子孙后代祈祷。

坪地，我生于斯长于斯的家乡，那也是神仙居住的地方。

坪地，我回来了，我又回到了你的怀抱，看一山野花浪漫。

梦回九寨

我的家乡也叫九寨，九寨是我难忘的地方，午夜梦回九寨，醒来双泪盈眶。

九寨的祖先，来自四面八方，背井离乡，扎根九寨，一座座泥瓦房傲立山岗。唐、盘、许、李、罗、龙、房、梁、沈九姓的亲戚关系像树根一样盘综错节，善良的村民像石榴一样团结，为了帮亲戚的农活，甘愿把自己的农田丢荒。

九寨的人们，自古勤劳开荒。那一层层梯田，像金子一样闪耀，展开丰收的翅膀，飞向慈祥的太阳。

九寨的风景，让人流连忘返。春有山花烂漫，秋有稻谷飘香，夏能河中嬉戏，冬敲莎腰小窗。云雾缭绕痴迷着山岗，溪水欢唱陪伴在村旁，树木静听着鸟语花香，梯田放纵着稻谷飘香。清清的小河多么温柔，水做的姑娘羞涩地流淌，脉脉的眼神让阿哥的心海漾啊漾。弯弯的小桥多么坚强，双肩挑起大山，无论谁的践踏都不伤亦无妨。古朴的瑶寨多么辉煌，黑瓦为发，杉木为梁，泥砖为躯，石头为脚，抚育瑶家儿女成栋梁。奔放的大山多么豪迈，你那样昂首挺胸，就是醉了也要再喝一万年。这是花的海洋，这是诗的家乡，美丽的瑶山九寨，一个让人迷恋的地方。

九寨的风情，让人意乱情迷。夜晚匆匆地走过山岗，在莎腰的窗边歌唱，把时间遗忘，清晨送哥绣花袋，两条小河汇成一片汪洋。十月十六耍起歌堂，粗犷的长鼓追云赶月，醉人的情歌地久天长，阿贵阿妹走进新房，享受幸福的时光。久违的玩坡节，去到共同等爱的地方，情歌在群山回响，拉一个陌生人的手谈到太阳下山，在一块大石头上刻下"此情永不忘"。

神奇的九寨，是传说中的天堂，醉人的九寨，有我追求的鸳鸯。梦回九寨，我心翱翔。梦回九寨，独自神伤。

（选自《湛江科技报》南国散文诗2020年10月26日）

我在金子山等你

热闹后的孤寂，寒风细雨，衾冷枕寒。忍住不打扰你，忍不住想你，快走进梦里相依。

翠竹让我遐思，我与你本是两条平行线，在天地一个冥冥中的偶然，根却连在一起，才有了蕉福和小青的爱情结晶。我不怕别人骂我嘴尖皮厚腹中空，只要心相连，依旧挺拔，摇曳风中，十指相扣，永不分离。

那飞瀑是你的秀发吗，还是世俗的流言蜚语？我愿每天清晨在溪水边为你装扮，用白云给你做衣裳，让映山红做你的腰带，用凤凰的羽毛给你做扇，就这样永远痴痴地陶醉在你天造地设的美丽。

攀登爱情天梯，总是放轻脚步，惶恐吵醒梦中的情侣。在蕉福和小青的召唤里，让别人嫉妒没有可能的奇迹。你是我的，我是你的，千古绝唱两相依。重登爱情天梯，回想在一起的日子，过眼风物皆是无尽的相思，如今却是永恒的回忆。

我在金子山顶等你，踩九千九级天梯，摘九千九朵杜鹃花，我要与你遨游天际，我要与你结理出漫山遍野的翠竹，你要为我开满映山红。

让你的秀发轻抚小溪，让你的微笑灿放成满山杜鹃红，白云惊诧你的飘逸，绿叶赞叹你的美丽。我想今生今世有你在一起，化作金子山又有何惜？

我在金子山等你，企盼与你相遇。爬九千九级天梯，携手遨游天际。永生永世，不离不弃。

　　（注：蕉福和小青的爱情故事是金子山的由来。）

（选自《大沽河》2020 年 12 月）

婕

_ 秀实（香港）

　　"婕"并非单纯抒写爱情、死亡与存在，也探究高于天命的时间与空间。
　　七月一日凌晨一时半，帘幕外的城堡灯火黯落。我在书斋点起微弱的一盏不想入眠。现在梦也是脆弱的建筑物，难以栖居。于猫而言或许一切并没有变改，或奔突于几个门板间，或蹲伏于沙发与书堆上。他的期待是悠长的晚上会有飞虫闯入，让他可以率性而为。
　　我们间常无言相对，精神却相互依靠。除了一场突如其来的雨水，一场急风猛烈摇曳阳台的草木。他经由我知道人世间的一切。
　　从今而后，这个屋子会更安静，灯火会更坚持到夜深。写诗是思想而非抒情之事，夜的漫长一如"婕"的长句长行，由电脑屏幕的左侧直抵右侧。那些不灭的路灯，如句逗或符号，有时是停顿，有时是熄灭。无人走过时，暗藏着岂峨的影子。我常循灯火眺望，延至远方模糊处。像薄弱的生命于未来一般难以分辨。
　　安静时猫是一面澄明的镜，我常在他脸上的细微处看到那隐伏着兽性的自己。那时我回到熟稔的状态，并唾弃了白天的角色。话语是表态，沉默也是，唯有夜晚回复为兽时，才可以让生命裸着。

（选自《流派诗刊·散文诗粹》2020 年 9 月）

后海的月光（外一章）

_杨祥龙

　　昨夜故乡的窗台，隔着一条马路与一抹月光。
　　后海，是故乡的后海，隔着一座小山与水田。
　　今夜的月光从天城而来，它网起后海的宁静，网起白鹭的白，网起水田的广阔，还有黑夜的种子。
　　今夜的月光是母亲的白发，编织了故乡的后海。海风刮起的时候，九月的月光敲开十月的窗，故乡的窗台是瞭望后海的月光。
　　今夜的月光是父亲的胡须，它挑红了后海的五颜六色和故乡的水田。
　　后海的月光，无数次从我梦中走来，走向这无数的夜。
　　白色的风，吹开黑夜的睫毛，白色的光，照亮白色的屋子。
　　我的父亲，在这无数的夜，走过白色的后海，白色的水田。
　　我的母亲，在这无数的夜，无数次，从梦中走来，瞭望后海的月光。
　　我知道，后海的月光，一次次地圆了又缺。
　　我的母亲告诉我，心一直没有分。
　　它是在圆另一半。

父亲的后海

　　一双手网起后海的五颜六色。千年的海风狂拍着厚厚的老茧，如这座海洋耸立的山岛，牢牢拴着那修补又修补的渔船。
　　一双手收割起后海稻田里的金黄。那弯腰挥舞着镰刀，挺直腰板用力甩打稻谷的吆喝声,沿着田间小路扛着一袋袋谷子的身影,一次次被定格在从田间爬到路面的陡坡上。

那双在草帽下的眼睛,被汗水浸湿得通红,长满老茧的右手叉在腰间,左手托着肩上的谷子。

夏日的风夹带着谷子香气烫过我的脸。父亲凝望着我,叉腰托谷的微笑画面,仿佛一尊雕塑,屹立在我心田,从幼小到现在。

七月的失去,那双手轻轻拍打我的肩膀,月光从大海深处走来,我听懂水手和大海的故事。恰似红树林尖尖的树苗,一棵棵从老树剥落,随风扎进大海的黑土地。

冬天里那双焐暖玻璃杯的双手,转身泪眼朦胧的长长站台,从生命的轨道上,如水手搏击海浪的声音,一次次地指引着我,寻找光明和力量。

从城市回来,我总喜欢徜徉在后海的田野上。靠近塔松的空地,海鸥在搭建新房,金色印在眼里,夕阳沉默于海底。

我知道那是父亲的后海。

那沉默的佛像。

(选自《散文诗人》2020 年 12 月)

或许同一天成为母亲

_许泽夫

它挺着中秋月一样浑圆的大肚子,在七月的太阳下,在翻着浪花的水田里,吃力地行走。它的双角,手臂一样张开,像要为将要出生的小宝宝搭个秋千架。

我的姊子,她挺着同样浑圆的大肚子,扶着犁,赤脚跟在它的后面。

两个孕妇,一前一后。

催促她俩的，是不饶人的节气。

妌子可有可无地甩着鞭子。它紧走几步，妌子便喘不上气，它便放慢步子，等等未来的母亲。浑浊的水面下，是坚硬的稻茬，一季早稻刚分娩，一季晚稻等待着床。

拐弯时，妌子牵一下牛绳，牛回头，两个温柔的目光交织、交流……

她俩在互相祝贺，或许同一天成为母亲。

(选自《绥化日报》2020 年 8 月 10 日)

翰嘎利湖

_郝子奇

夕阳落入湖水的时候，我们并没有看到湖水的沸腾。

火烧云在水面下沉，像淬火的铁，由暗而黑。小鱼跳出了水面，它们是天穹落下的流星。

水，永远在低的地方，此刻，却高出了我们要望的远方。

"我不能画出被风吹皱的水面"，你到湖边的时候，湖水试图爬上岸边。

"风在我们的后面，"我说，"湖水已经在荡漾。"

只有干净的草原，配得上这样的湖。

岁月都在湖边提着衣裙行走，只把沧桑装进口袋。

低垂的天穹，贴近了湖水。

"它有装进整个天空的梦想，"你说，"又常常被天空所笼罩。"

"但它装进了月亮，已经拥有了整个天空的温暖。"我说的时候，月亮已经升了起来。

是的，只有月光可以淹没湖水不及的岸边。

有一些蝴蝶相拥而飞，它们不知道月光是透明的，整个天空都看见了这美丽的亲昵。

夜色借着月光登岸了。

落日正沉，不语，它们点燃了薄云。云在燃烧，慢慢沉入湖水。

我们站着，不语，仿佛落日点燃的野草，沉入夜色。

相拥而飞的蝶，不语，已经掠过了湖水。它们不想停下，还在岸上的月色里飞。

这个时候，所有高过湖水的草，不语，展开叶子，为疲惫的翅膀拉展了月光，成为床。

湖水有一些声音。并不是风的语言，风已经到了远方。

所有翅膀都有收拢的愿望，月下的草叶，是美好的选择。

这些，是月光里的秘密，我们没有看到。

因为转身，湖，已离我们越来越远。

（选自《散文诗》2020年第9期）

辑二　碰撞的声音

她的梦是长脚的

_黄亚洲

她的梦是长脚的,因此,她在梦里跑得很快,她很快就向她的爸爸妈妈跑去。她要接受阳光一样的抚慰,这些天她太累了,她需要像幼儿园毕业那天一样,被父母久久搂在怀里。

她的梦是长脚的,因此,她能在梦里打开人生的速度:从隔离房奔到急诊室,从化验点奔到护士站,如一道雪白的穿梭的闪电,直到靠上一柱疲乏的门框,让黑夜抹去闪电。

她的梦是长脚的,因此,她的梦可以承载很多分量,什么好玩的,好吃的,好看的,好穿的,通通都可以有。当然也可以有很多病人,她不拒绝,她也无法拒绝,那些日夜不停的急救车呜啊呜啊的,总是从她梦的边缘开进来;幸亏,她都支撑住了,她的梦,毕竟是长脚的。

我这首小诗是为一张照片而题的:有一个猝不及防的梦境,被一位白衣天使的双脚撑住了。她就这样靠在门旁,刹那间,就让父母脱去了她的防护面罩,心疼地抚摸着她发黑的眼圈。

姑娘张琪是浙江衢州常山县人民医院的护士，她刚让自己的梦境长出了脚，就被一位路过的姓毛的护士长拍了下来，毛护士长说：我实在不忍心叫醒她。

　　毛护士长还说，她跟我的女儿年纪一样大，我当时，心疼得眼泪都快流出来了。

　　我写完这首小诗，眼泪也快流出来了。

　　我想起了自己的女儿，也想起了很多人家的女儿。多少孩子为了赴国家的急难，给自己的梦，装上了脚。

（选自《散文诗》2020年12月）

为了远方的召唤

_唐德亮

　　风呼呼。
　　雨潇潇。
　　疫情急。
　　为了远方的召唤……
　　一批，两批，三批，四批……四万多名白衣战士接连出征湖北。
　　夫别妻，妻送郎，父母送子女上战场。
　　此去征程，不仅有风，有雨，有雷电，还有冰雪，更有疯狂的新冠疫魔，有无数隐形的剑戟，有看不见的硝烟，有深沟，激流，险滩，危岩……
　　既是壮士，便无所畏惧，纵是赴汤蹈火，粉身碎骨，也决不后退。
　　穿越五岭，潇水，南岳，湘江，洞庭；太行，黄河，长江……像一支支离弦的箭，向着武汉、荆襄大地进发。
　　你们从冬天出发，与冬天搏击，用脚步叩响春的胎音。

你们要去拯救生命，托举一枚枚即将沉沦的生命太阳，托起春的笑靥，升起春的音符，春的笑声。

远征！你们去击溃严冬的大堤，用温暖的双手，推开了温暖斑斓的春之帷幕。

（选自《茂名晚报》2020年4月9日）

用使命燃烧爱心，逆行

_ 王厚基

那些悬壶济世的古今故事，在脑海里晃荡翻腾，比任何时候都惊心动魄。一群群比当年非典还要凶残的新冠疫魔，在笔尖下狞笑，张牙舞爪。这份请战书一出手，就有可能陷入魔鬼的重围，狰狞的恶魔在你心肺，在你的肌体内狂欢热舞，吞噬你健康的细胞，残害你可贵的生命。

你怕不怕？怕！或许现在还来得及，只要马上把笔搁下。

可你是白衣战士啊，病毒狂魔已经织成一张巨大恐怖的网，撒向大地，在吞噬你的朋友、你的亲人，你成千上万的同胞，你，难道此刻，你要脱下你的白大褂？

你是家里的中流砥柱，你有年迈的老爸老妈，你有幸福的追寻美妙的梦幻，你还是一个三岁孩儿的妈妈，你还年轻啊，你怕了你还有许多理由，就让你的战友冲锋在前吧，横戈跃马，自己在后头静静趴下，这样安全啊，能让魔鬼的子弹打飞。

而你若然不怕，今夜，就在今夜，挺起你战士的脊梁，用护卫生命坚强之手，在请战书上把你的名字庄严签下。

这并非命运的一场赌注，更不是一种哗众作秀的潇洒，一旦到了前线，你就知道，你有可能永远不能回家！你想好了吗？

但战士就有战士的使命啊，从你义无反顾报考医学高等学府开始，你那颗悬壶初心就由苍天作了见证，你选择为苍生与病魔拼杀，就注定要将个人安危抛洒，你穿上这一身神圣的白大褂，把无畏和大爱投影给大地，就因为你对这片热土爱得深沉啊！只有战"疫"前线的残酷，才闪耀出你生命的光华！

快披上战袍吧，多少灿烂的生命正在冰冷中挣扎，多少幸福之家在疫魔面前失魂落魄，没有硝烟的炮火已经打响，用医者的天职构筑起一道坚固的城墙，拿起你降魔的枪，守护人间生命的尊严！

在这个冷寂的夜晚，你的红手印，在请战书上轻轻摁下。
明天，用使命燃烧你的爱心，逆行！

（选自"广东作家网"2020年2月）

（注：作者是医生家属。）

抗疫队长也有一份柔情

_曾静

这是一个让所有人都不能忘记的庚子年春节。一场"疯长"的冠状病毒席卷神州大地，让人们沉没在悲痛之中。

我相信：在寒冷和焦灼里，总有洁白的雪花，一切都是暂时的，在最冷的时候也有记忆的温柔和温暖，憧憬的阳光。

在这场没有硝烟的战争中，可以感受到那逆行者惊心动魄的美。

深邃的黑夜，给这寂寞的等待以梦幻般的色彩。一阵熟悉急促的电话铃声划破了沉睡的夜空，这是唐远平医生打给我的电话。他用极其低沉的声音告诉我，他已三次请缨去武汉抗疫，明天一早就要出发。

我得到了一个消息，却失去了一个世界，那沉重的心情，何时才能变得轻盈？那逆行者的脚步，何时才能到达理想的彼岸？且走着且唱着，且等着且珍惜着。除了经历刻在心底的感触，如海之潮汐在我心里起伏。寻常往事深深见，浮世流光款款飞。烟花的绚烂，即使只有一瞬，美丽却留在了心底。

在抗疫的旅途上，络绎不绝地开着各种各样的花儿。你却可望而不可即，我深知，不管是来时，还是你将经过的路上，都是我们心中的最珍贵和珍藏，因为你是最美逆行者中的一员。因为在心灵里太深了，我只知道那是我的永远。

当回忆通过现实的小路走到我身边时，我才明白抗疫队长也有一份柔情。漫漫抗疫路，所有的渴望都连着叮嘱，从那一刻起，那高大的形象，魁梧的身影，可以把我们带向抗疫的故乡，梦想的天堂。

夜深了，我却没有了睡意，此刻，我抬头望着月光，月光如水，澄澈透亮，看到里面浅浅的影子，那是穿着厚实不透亮防护服的影子，我站在窗棂下，循着月光的清影，静享一份对表弟的纯美。

（选自《湛江科技报》2020 年 11 月 23 日）

（注：作者是医务人员。）

遮不住的春天

_吴远团

除夕夜，电视里一边播放欢乐祥和的央视春晚节目，一边在播三军医疗队紧急驰援武汉的新闻。这个庚子春节似乎让许多人有点措手不及。

不久，我就接到了紧急取消春节放假的通知，返回岗位，立即筹备医疗队和防护物资，组建医疗队支援湖北武汉。

可是，没有口罩出门都成了问题。好不容易以高价买到限量的几个，总算临时解决了一道难题。

发病人数不断增加，医疗队一批又一批开赴武汉。防护物资告急，时刻都绷紧着神经。

终于，新发确诊病例数一天比一天降低。

走在街上，眼里只有一张张口罩遮挡的脸庞，全然忘却了口罩后面的喜怒哀乐。大家两个多月戴着口罩，几乎都不记得自己长什么样子。

每天都匆匆忙忙来来往往，无暇顾及多看一眼身边的风景，现在终于可以放慢脚步了。走在街上，耳畔传来了小鸟清脆的叫声。也许是街上少了往日的喧嚣，小鸟的叫声愈发显得清脆悦耳。抑或是小鸟的欢叫，使得喧闹的街区变得宁静。

小鸟的鸣叫犹如闹钟响起，提醒着我，春天已经来临！

港口码头依然繁忙，工厂车间开始忙碌，山村农民耕作不息……春雨绵绵，池塘里的青蛙也开始闹腾起来了。

在新冠疫情阴霾下，人们坚守，保障国家的庞大机器正常运行。

戴上口罩，能阻隔新冠病毒的侵蚀，但口罩阻挡不住我们呼吸新鲜空气，阻挡不了我们品味清新花香，阻挡不了我们与大自然亲密接触，阻挡不了如约而至的春天。

在人们奔忙穿梭的时候，道旁的洋紫荆、海棠、紫藤、勒杜鹃……静静地开花了。它们沐浴着春风，尽情地绽放，沿着道路伸向远方，在羊城描绘出美丽的花环，大地一片盎然生机。

看那英雄木棉的树冠，褪去了浓密的黄叶，枝头冒出了一串串圆鼓鼓的花蕾。和着小鸟热热闹闹的欢叫，一个个小精灵破壳而出，绽放生命的光彩，给大树换上了鲜红的春装。

(选自《南沙文学》2020年第1期)

(注：作者是医务工作者。)

我穿着白色防护服来到你身边

_莫英蕾

在封闭的隔离病房，我知道你受着病痛的煎熬。新型冠状病毒这毒魔潜伏在武汉，披着华丽的外衣，露出邪恶狰狞的面目，始于己亥年的寒冬，肆虐大地。作为医者，深知并痛恨毒魔的无情，更深切体会到病床上的你肉体上的痛楚和内心的惊恐。

我穿上白色防护服，走进隔离病房。挺直笨重的身躯，走出坚定步子，好让病床上你疲软的身躯感受多一点力量。我努力地把步子迈得沉稳且毫不犹豫，希望每一步都递增给你坚强的信念。

我穿上白色的防护服，走到你身边。治疗操作要配合的注意事项，你听清楚了吗？原谅我这被防护口罩和面屏阻挡的声音，显得闷哑，不过请你放心，我会一遍遍地讲解，直到你完全明白。

我穿着白色防护服，站在你身边。低首俯身尽量靠近你，只为听清你因为气促乏力，戴着吸氧面罩而挤出低沉断续的声音，请你别害怕，别着急，慢慢讲，我会全神贯注辨解领会你要表达的意思。

我穿着白色防护服，留在你身边。作为医者，如感同身受般理解你的痛楚。如果你想哭，就放声痛哭一场吧！我已经紧握你的手，不要害羞，无需隐忍，不必挣扎。我会轻轻擦干你这病痛、孤独、恐惧及极度思念亲人的泪水。

我穿上白色防护服，守在你身边。你听，这身白色的防护服随着我每做一项治疗操作发出的"沙沙嗦嗦"的声音，它既是在向毒魔高声宣告领地的主权，也是吹响了与它抗战到底的号角声。

我穿上白色防护服，与你肩并肩。只要你不放弃战斗，这圣洁的白色，就是我们亮剑的道道闪光，直刺毒魔阴险的目光，直至它们收起狞笑落荒而逃！那时我会脱下防护服，把你送回亲人的怀抱！

（借本文，向奋战在新冠肺炎疫情阻击战前线的同行以及坚强的患者致敬！）

(选自《湛江科技报》南国散文诗 2020 年 2 月 24 日)

(注：作者是医务人员。)

我们，一直都在
——写在社区抗疫第一线

_彭春荣

一

早看过，花城春花千般美。这一年，是开过了，还是花季未来？眼前春光，失色黯然。

春风未起，阴霾，侵袭生灵。一场"新冠"疫毒，汹涌袭来。

苦痛和伤病中的人们，仰空期盼，期盼能看见明静，有白色的光，携天使降临人间。

二

疫情。疫情。还是疫情。毒魔藏匿，在虚拟与现实间，狰狞地翻涌。

魔障遮盖笑靥，夜星一点，热切企盼，在远方。

沸腾，却不是春歌，是勇士出征的号角！驰援，让热流汇聚，圣洁的天使,威武的勇士,奔赴英雄的城池。

三

你看啊,在另一方,万家灯火。又是谁?也早已静然出征。

"您好!我是社区居委会的。"

我,我们,模糊的脸庞。没有天使的羽翼,没有勇士的铠甲,可隔着口罩,人们依然认得,是那个他和她。

是的,我们在。一支体温计,一支笔,一方书写板,轻轻敲开,心门一扇又一扇。

您可安好?归来,真好!手中执笔,不记春色,不写春光,一笔一画记下"体温:36.8℃,症状:无"——在四方表格,填报安然。

四

毒魔窥探,要掀起滔天的旋涡,天使与魔鬼、善者与恶人、勇士和那弱小的我……都欲通通吞噬!

硝烟正浓,阴霾难退!

我是战士!绝不可缺席!战场,不在远方,这里,我要守住家门。

而我,不只是我,我们,一直都在。来啊,靠前来,血肉之躯,不要退缩。

做我的战友吧,我们一起坚守,在家门口,一起等待红棉盛放,大地回光!

(选自《湛江科技报》南国散文诗 2020 年 3 月 9 日)

(注:作者是社区党支部书记。)

送君去一线

_谭晓瑜

　　春日将近，枝头含苞的花蕾，预示着新春即将来临，家家门户旧符已换了新桃，年的喜悦本应如期而至。然而，江城传来的消息却令人揪心，不断刷新着人们焦虑的心情。

　　你的眉头一直紧锁着，疫情通告、病毒排查、紧急会议、防控升级……一则比一则紧迫的疫情速报，如催促战士冲锋的号令。

　　望着你紧锁的眉角，我知道，这个新春注定要不平凡地度过，抗击疫情的一线战场，已向你和你的白衣战友们，吹响了紧急的集结号。

　　疫情挡不住你，寒风更挡不住你，我静静地为你扣上领角的扣子，为你戴好出门的口罩，偷偷在衣袋里塞进两颗新年的糖果，心中暗自祈求平安顺利。紧握你厚实温热的手掌，多久未曾这样对你依依不舍，以及如此深情许久地望你。

　　你不是军人，此刻却要奔赴前线，此去路上没有鲜花，也没有掌声，只有为妻的担忧和焦虑。你紧抱我的双肩坦然而笑，告诉我一线的抗疫战场上，白衣战士们都团结在一起，这场抗疫的战斗，我们不是孤军！

　　你坚定的双眸透着责任和自信，风中，你逆行而去。转身，将以生命去护卫更多的生命。

　　我站在新春的入口，送君去一线，夜色里，那一树树的花蕾摇曳生姿，它们将与我一起守候着春天，待你归来，春暖花开。

（选自"广东作家网"2020年3月9日）

（注：作者是医生家属。）

那一场浩荡的梦

_ 天涯

前世，记忆被打碎。

一半落入大地，一半消失在云端。

最后一片被你握在掌心，带入今生的隧道。那是一个数字，有着别样的含义。从此，你在无数个梦里寻找、捡拾、修补，幻想复原命运最初设定的程序——你要唤醒被封存的未卜先知能力，避开暗藏的险礁，隐秘的漩涡，莫名的疼痛。却忘了出发前生命这张契约上，有你亲手按下的指印。

在黎明来临之际，你又一次走入梦境。或许这是另一个平行的空间，黑发及腰的女子，身穿朱红长裙，站在巨大的镜子墙前。她的容颜从模糊到清晰，又从清晰到模糊，视线穿过人群的海，定格那一抹挺拔身影。

你知道他是谁，可又无法说出他的名字。你是个哑女，只因触犯了神山禁忌，被夺去声音，唯有他的拥抱可以解除你身上沉重的枷锁。你想走到他面前，又发现远隔千山万水。倘若不能在太阳升起前抵达，你的灵性将再次沉睡千年。

问过路的风借一双飞翔的翅膀，云雾忽起，遮住你前行的路。折叶为舟，你要逆流而上，江河瞬间暴涨。上天入地，无门。当你的视线再次穿越，他已杳无踪迹。

天幕揭开，旭日洒下万道光芒。你的肉身即将苏醒，而梦中的你已在夜与昼的交汇处幻化为鹰。崇山之巅，看他策马而来，你在他的耳边轻声说："跟我走，给她一个拥抱，换她一世承诺。"

彩霞满天，有鼓乐齐鸣，海市蜃楼被一双纤手打开。

封存的印记自动消失，你在那一刻获得新生。

"我要给你永不过期的爱恋。"花朵为印，以吻缄封，铭刻时光影壁。

天亮了，你睁开眼睛，那一场浩荡的梦突然纷涌而至，所有记忆碎片以光的速度聚集。

一滴泪，从三生石上，滑落。

"还你。"

（选自"天涯有岸"微信公众平台，2020年9月28日）

这个春天

_张晓林

一

这个季节，有风，吹过面颊，吹过心尖上的那滴热泪。

一辆车子，又一辆车子，一辆接着一辆，在这个时段，自山东出发。
向着心中牵挂的地方，疾驰。

二

逆着风，迎着雪，这些人，男人，女人，肩负着责任，眼噙着热泪，向着心中该去的地方，义无反顾，昂然前行。

泪光迷离中，似有一些雨雾，一些糁雪，在心中，飘着泪花。

三

　　我们,和他们一起,和这个春天一起,向着该去的地方,心中决然要去的地方,逆行!
　　这些车子,装满爱心和责任的车子,在一个清晨,高速路上,义无反顾,向着那个需要的地方,快速开进。

四

　　这个季节,有风,吹过眼角;有雪,掠过心尖。
　　歌在心中,响着。

　　整个春天都举起手,数千里白杨都举着手,在泪光中,糁雪中,春寒料峭中,雄壮的歌声中,目送着车子,滔滔铁流似的,前行……

五

　　车流飞过去了。
　　在风中,泪光中,歌声中,在全国人民集体举起的拳头中,远赴这个春天,那座英雄的城市。
　　那个传说中美丽的地方。

　　武昌起义、抗战保卫战,以及今天,众多舍生取义的医生护士,志愿者,人民子弟兵,他们,用生命、责任、良知,书写着生命之诗。
　　多少血泪硝烟,多少史诗巨著啊,在史册中,我们心中,讲述着舍生取义,浪涛飞溅。

六

众多的医护人员，是这个春天，开得最美的一束迎春花啊！

我们，取得胜利的第一个黎明，已从进军武汉的这一刻，开始拉开帷幕……

（选自《团结报》2020 年 5 月 9 日）

南温泉之冬（选章）

_吴佳骏

01

去南温泉的那个下午，天空一直在下雨。雨滴从云层上跌落到地面，溅起一朵一朵的小水花。每一朵水花，都是那样洁净和透明——它们是雨滴转世后的样子。我在雨中走着，我不敢抬头望天——我怕雨滴落进我的眼眶变成我的泪水后，又来滋养我的痛苦。我的痛苦不属于天空，而属于脚下的土地。雨滴也是属于土地的，它们坠落，不是被天空赶出了家园，而是听到了土地的召唤——土地的召唤，常常使天空落泪。我凝视着密集的雨帘，猜想它们下坠的速度和心跳。我知道它们在空中遭遇过寒冷、冬风和流岚，才最终投入到大地母亲的怀抱。天就要黑了。我担心雨滴在天空迷路，赶紧撑开一把伞，替它们做路标。谁知，伞刚一撑开，就有无数先期抵达地面的水珠躲进我的伞底下来——它们需要借助一把伞来护住自己的疼痛，正如我需要借助南温泉来护住自己的回忆。

（选自《散文诗》2020年第4期）

逆行的医护，是美的代名词

_ 汪志鑫

一口年夜饭，就是一杯壮行的酒。

滚烫的泪水，浇筑起泥泞却依然前行的路。

疫情降临的深夜，你们义无反顾——

生命重于泰山，疫情就是命令，防控就是责任！

戴上口罩，戴上护目镜，穿上防护服，剪去及腰长发或斩断情丝，与病毒夺阵地、与死神抢时间，争分夺秒，做真正的钢铁战士。

逆行的背影，冲进疫区与瘟神拼杀——

你们是孩子的父母，但初心如磐、使命在肩，暂存小爱扛起人间大爱；

你们是父母的孩子，但病魔未除、疫情仍在，视频前"伪装"成坚强的模样；

你们是甜蜜的情侣，但病人在等、病情告急，隔空拥抱是最温暖的激励；

请战的鲜红手印、脸上的防护勒痕，席地的短暂休整，忘我的勇敢坚守，是2020春节最美的风景。

千千万万个白衣天使，千千万万个英雄儿女，千千万万个钢铁战士，正驱妖降魔，让爱在生死间燃烧，让美在共克时艰中如花绽放——

（选自"汪志鑫"微信公众平台，2020年9月）

致海辞

_ 刘合军

庚子的海,常常心怀忧伤……
在伶仃洋我没有见到它断裂的画面,只见它托着弯弯曲曲的河流,与晨阳一起爬过碧空。

我不敢远眺,怕它,心怀杂念,放弃远方,怕听到低沉悲壮的呼喊。

一群鸟飞起来,灯塔也在学着飞翔的样子。失去梦想的黄沙抛下征战金甲,跌进一片秋雨。黑压压的云层展开十面埋伏,即使雷声贯耳,仍不见,舍弃红尘。

风有自己的轨道。也懂得庄严飞扬,即便是一无所求。却载着灵魂的暮光和远山的企盼。

我看到,这片海的太阳,有着绝伦光芒。而波澜与涟漪只会叹息,叹息被流放的大地被海包围,叹息失去源头伴侣。看到浪头甩出海底的思想,像一支支地心发出的箭,有时射向我的额头。有时射向空茫。

在这片海里。
我没有忘记对月光的赞美,他会陪伴我的家人和我的残年,会见证我熄灭已久的渴望。我对他的敬仰远胜于神话中的天使。
为此,我请他放慢迟疑不决的脚步,让我掩饰不干净的灵魂和漫天虚无。

这些年我总是忘不了，驻守星光的寺庙与晚钟，回声穿过心海，穿过断崖阴暗，穿过南村。一个小小的村庄。这些迷途的声音于岁月悄悄流逝。不会，为番石榴和芭蕉树的衰败动容。

那种悬空的凝望，是上苍无动于衷的赠品。

告诉我，闭嘴与沉默，是动物美德。

我不得不再次提神，一只手放回海，一只手云集人心。铺开一条驱赶的路，耕种云雨的眼泪。

让人在刀尖奔走。

现在正是秋日，风有着迷的味道，远去的柚子，渐渐脱去人间的酸味。

春天又在水上漂泊，海水放下远帆的枯荣掏出内心的野火，一寸一寸洗净江河的污垢。收容河道内伤，台风又会打开游戏，在千里海堤上擦拭铁锈，让天空尝尝锋刃上的蜜。

黑云吹走了，云层探出半个头，浪不停歇。

潮水在一遍一遍地爱着，爱着夕阳的灰烬。爱着比风还要快的沙丘和山岗，裹住浪头奔跑。不让他与一颗石头接近，谈心，石头的话，都是砸痛人心的话。

星辰幻化多了，就会懂得放弃，什么风雨涅槃。

风雨是风雨的事，海是海的事，一个不可捉摸，一个不可驾驭。

我只能轻轻抖落鞋中的沙，让这些喝过盐水的骨头。一些流进页面，一些落入风中。

（选自"广东散文诗学会"微信公众平台，2020年10月29日）

拒绝融化的冰

_朝颜

　　遭遇冰，遭遇漫长的冬季，其实并非你的选择。

　　就像一朵花，凝固在最后的鲜艳里，你抱住自己，收紧了清香的欲望。

　　隔着透明之镜，隔着吐露悲伤的咒语，触须和热爱埋进生冷的壳里。这时候，天堂和地狱都朝你敞开了大门。

　　一瓣唇摸不到另一瓣唇，一颗心暖不化另一颗心。你站在离幸福最近又最远的地方，看见绝望覆顶而至。

　　过往是用来沉溺的。内心被掏空的人，躯壳愈发沉重。

　　热闹的句子安静下来，你听不见世界，也听不见自己。煮好的茶热了又凉，一只忧伤的马在深夜穿城而过。

　　记住消逝的人和事，就记住了最后的坚硬和冰冷。

　　这霜白，这苦雨，这满世界疯长的冰凌。

　　什么样的药才能治愈命中的沉疴和顽症？如果春风不来，冰封的肌体要怎样接受慈悲？

　　去吧，去与良人夜话，与山川牵手，去心里种植一株兰草。

　　寒夜像一圈虚拟的细绳，你要学会自己为自己松绑，在黑暗中点起火焰，像一只候鸟热爱长途的迁徙和等待。

　　等时间来到冰面，再攀上高枝，你从冰凉的梦中醒来，听见窗外响起冰凌的瓦解声和动听的水流声。

　　这阳光，这花草的呼吸，这众鸟飞过的影迹，皆是你热爱多年的人世。

　　清晨来临，你从一块拒绝融化的冰里破壳而出。看啊，云层柔软，大地安详，病历上的字迹多么遥远，多么荒唐……

（选自《草堂》2020 年第 7 期）

春日历

_棠棣

一场雪之后，烟火推开三月的门。生活是那么近，却又那么远。在庚子年的春天，我们终于体味出珍重的分量。

在凋零之前，一朵花在枝头舞起繁衍的欲念。或许，我们可以称之为顿悟或者期冀。别样的延续可以用新的生命体接力。

谁也不会想到，有那么一天，我们也像笼子里的鸟，收起风声、云朵和不羁，把天空抱在翅下，让想象填补时间的空缺，在等待中，以文火缓缓地烹煮孤寂和疏狂。

每天，在数据之间穿梭，隔着玻璃的阳光很暖，但冷来自内心，来自金属的材质切割出的窄窄的空隙。我们每个人都只是一个数字而已，颜色的变幻意味着不同的归类，生、死、病、康……没有高矮胖瘦，没有喜怒哀乐，没有贵贱尊卑、没有远近亲疏。

三月的原野，叶片舒展，花开次第，而水也正流向远方，追赶着失群的蝴蝶。我们偶尔走出房间，迎着东南风，惦念远方。

在模糊了时节的日子里，我们其实一直在路上。在来之前，在去之后，月光都躲在暗处，等待暮色，等待素简或者画框。无论离开的还是留下的，在这个春天，都像水边的沙粒，把干涩的记忆留给黄昏。

（选自《城头山文学》2020年第6期）

传奇之河
——塔里木河

_孙重贵（香港）

  天山、昆仑山冰川中勇敢走出的塔里木河，一头扎进浩瀚的塔里木盆地，环绕塔克拉玛干茫茫大沙漠，自西向东蜿蜒流淌，曲折行进。

  河水在阳光的照耀下，镀上一道光荣与梦想的金边，反射出灿烂的光芒。

  水流千转归大海，塔里木河没有大海，它把沙漠当成大海，向往沙漠，追逐沙漠，滋润沙漠，魂归沙漠。

  这是一条艰难卓绝的道路，一条充满英雄色彩的征途。

  塔里木河仿佛一匹无缰的野马，游荡不定的自然属性，演绎着兴衰沉浮的历史变迁。

  历史深处，一串串驼队沿着悠久的丝绸之路走来。楼兰、且末、尼雅，一座座古城浮现昔日的繁华和昌盛；班超、玄奘、马可·波罗，一位位人物重展当年的雄风和英姿。

  塔里木河所到之处，生命出现了，绿洲出现了，牛马羊群出现了，村庄城镇出现了，于是，它骄傲地成为文明的摇篮、自然生态的守护神、新疆各族人民的母亲河。

  悠悠岁月，欲说当年好困惑，曾经的往事湮没在漫漫黄沙之下，化为历史云烟。唯有塔里木河依然在流淌，在奔腾，在诉说，延续着文明，延续着希望，也延续着传奇。

（选自《香港散文诗》2020 年 55 期）

惦记扁担

_ 林延军

  以肩膀为舞,以锄头为伴。静卧在墙角边的那一根扁担,在斑驳的光影里,被农夫惦记。

  在葳蕤的庄稼地里,它被荡漾的金黄色包围,然后落在田野,落成乡村的雕像。

  挑水、挑粪、挑青菜、挑萝卜、挑沙土、挑砖头……粪箕和箩筐藏着奔波的方向,庄稼收藏着扁担的心事,扁担站立成乡村的烟囱。每一根扁担都肩负使命,每一根扁担都勇挑重担,每一根扁担都发出热烈的歌唱。

  在我的故乡,扁担很忙。从春夏到秋冬,日子被扁担一担一担地挑出来,也被乡亲高高举起,然后落在肩膀上,挑起青菜的绿,挑起稻穗的金黄,也挑出火龙果的红心。

  许多个日子,扁担从凌晨依稀的睡梦中醒来,一跃而起,又在乡亲的肩膀上打捞着月光。在乡村,扁担似乎听懂白天和夜晚的语言,在南方的贫瘠的红土地上摇曳出庄稼生长的姿势。

  扁担像田埂上忠诚的卫士,穿过泥巴,一头挑着生活,一头挑着岁月,宛如太阳月亮一起担。寂静的生命,终将绽放出光芒。

  扁担逐渐被乡亲们遗弃,它被机械化替代,只是,它永远留驻乡亲的记忆。

从田畴中来，到城市中去。一根扁担在行走。新房子入伙的吉时，无数的人又挑起扁担，挑起彩头和希望，用瘦削的身躯划开春天的颜色。

（选自《羊城晚报·花地》2020 年 10 月 21 日）

小于等于蓝

_严正

花非花，雾非雾。酒劲上来之后，与风景对话时眼睛有点痒，他把小悲剧吹成红色，吹成他和她不期而遇。

薄云遮日。躲在自己的舌尖上面犯哑病，一团水藻。
他有咋舌的惯性，他会在蓝里变软，哼着缠人的调子。

树林忧郁，童年迷魂。
网越织越密，酒杯里的星期天水深了，蜘蛛网上粘满哑人，疾病、黄昏和火车站。

树分泌出细碎而白的花朵，我在之上游戏谈虚妄，谈催眠状态，灵感和白笛，并道出我的啤酒眼里何时长出了句子的防火墙。

农历十一月初十。花开着开着，不想开了。
小蛇眠在洞中，还没有长出牙，阳光照着半张脸，我在一个小方格里迟钝，纵欲，发育病情。

聋。哑。

最好是单身，最好在额外的水里再养上几条鱼，他喜欢掷骰子，他梦里分叉，半个身子乘着拥挤的火车在外省旅行。

心情湿着，长出绿色的锈迹。
她说我蓝。她说我忧伤的浓度不够大。她说她要给我涂上一层浅浅的油。

一场雨，一场和解。
其间冒出一个人，一个熟悉的旅馆，一瓶红星二锅头和一棵树下闪着火星的烟头。

黄梨树，黄梨树，黄梨树。
一个日期生锈了，凌晨的杯子是空的。她小，她有一个开满梨花的名字。

蓝黑里，一句话翻着白眼。
他习惯于神志不清，在没有内容的房间里碰到蛛网，并用手去拽一根线头。

雾里有树，树下有人。
有人就有柔软的遐想，逃遁的言辞，矛和盾。

患了病的风剃须刀一样刮过清晨。
他饶舌，乘 21 路公交汽车，他喜欢离开撕碎的人群之后产下满满一桶奶油。

（选自《大沽河》2020 年 12 月）

被水淹没的记忆（节选）

_ 侯哥

1

　　一道金色的阳光，洞穿历史的沧桑地，兴修水利、整治水害的蓝图在神州大地铺展。低洼地带的村庄搬迁到高地，含泪告别那片用血汗滋养过的土地。
　　于是这个村庄就成为一个水库的底。库水淹没了村庄，却永远淹没不了村庄的记忆，水有多深，记忆就有多长，长长的记忆就是水底村庄里飘出的一缕炊烟，散发着浓浓的乡愁。
　　我捧起一口水，真的品尝到了水底村灵魂的滋味。朴实的村民虽然经受着苦难贫穷伤痛的折磨，而善良的本性没有变。为了修建水库，搬迁移民到新村，他们又经历了多少痛苦的折磨，断亲离别的抽打……
　　去听波浪拍打历史的回音，就会领悟青山绿水长在的根本。

2

　　墨斗村搬迁到新地，改名为新东村，一个新村的名字在海丰大地上生长，让水流去连接祖先的血脉。建房开荒，扎根新村的力量日益增强，虽然改善了生存环境，却没有挣脱贫困的枷锁。改革开放的春风温暖了冷冻的大地，村民开始种植梦的理想，心田里充满了发家致富的生机。
　　磨番薯、割山草、外出打工、办企业开工厂。村庄的日子鲜活着美好的希望，奋力的打拼摘掉贫穷的帽子；科学经营、家业兴旺，乡村振兴的翅膀划靓了大街小巷，一排排别墅、一辆辆轿车，村庄走向秋季的高度。

老母亲那开心的笑脸，绽放着幸福的花朵；孩子们撒欢儿的叫喊在村庄的上空快乐地碰撞；年轻人穿着时尚的服装拍照，优美的线条，串起一串串美丽的时光……

（选自《海风日报》2020年11月2日）

沙滩女人

_ 喻子涵

沙滩的女人，或许她们就只有个姓氏。

就像现在的动车开过白泛泛的果园，一闪而过的红、黄、紫、白。

然而，越是省略，越是让人联想和珍视。

沙滩的女人知书识礼，大多是黎、莫、郑的后代。

不断出生，不断长大出嫁，不断育出儿子走出沙滩。

就像她们的动车扔下一个个车站开进了京城。

沙滩的女人，一代代老去，褪下色彩归于尘。

让灵魂收下牌位，让功劳收下墓志铭，让沙滩收下名声。

这些女人呀，是沙滩的命根子，而沙滩又是文化的命根子。

因此，当我阅读《母教录》，常常翻山越岭，拨开郁郁苍苍的云雾，使劲想儿时的那些景象；或者钻进自己的血脉，跨越重重叠叠的断涯，叩拜一代代母亲。

（选自《贵州诗人》2020年第1期）

鸡蛋花树

_朱东锷

  小区里种有几棵鸡蛋花树。
  树高约3米,树干横斜扭曲,奇形怪状、千姿百态,树形美丽,纺锤形的叶子,枝头上开满白色的花朵,清香优雅。
  细看,外面是乳白色,花心则是黄色,5片花瓣轮叠而生,就像小时候折叠的纸风车。
  每次见到鸡蛋花树,我总会驻足、注目,就像见到尊敬的人总要停下来问候仰视一番。
  鸡蛋花让我惊讶让我另眼相看,缘自一次名花摄影展,拍摄的十大名花中,鸡蛋花赫然在目!
  生长在道路旁、街巷中、庭院里,这不是很普通平凡的一种花吗?
  寒冬季节,鸡蛋花树叶子脱落后,光秃秃的树干横斜弯曲,小枝肥厚多肉,分杈有长有短,枝头上半圆形的叶痕,犹如鹿角上美丽的斑点,远远地,像寒风中奔跑的一群小鹿。
  悠然,时时去亲近鸡蛋花树。
  鸡蛋花树原产西印度群岛和美洲,有美丽动人的传说吗?简单平凡却一年年芳香如故,一年年……
  蓦地,鸡蛋花树的花朵和树皮均能入药,清热解毒、润肺止咳。鸡蛋花与菊花、槐花、金银花和木棉花一起,构成著名的五花凉茶。
  鸡蛋花树没有伟岸挺拔的身躯,没有国色天香雍容华贵,却摇曳和芳香在人们心中。
  那一年,在汕尾市海丰县平民医院遗址门前,两棵鸡蛋花树使我惊讶,我仍抚摸着古拙斑驳的树干。这是两棵合抱粗的树,树已高出医院两层的遗址,如同两个高大沧桑的老人守护在门前，向一茬茬四面八方前来缅怀的人们诉说……

这两棵鸡蛋花树的树龄？已过百年。

不久前，我又偶遇了一棵古老的鸡蛋花树。火辣辣的太阳下，我在广州市万松园小学旁古旧的街巷里徜徉。

这是一片古旧的市井，一排房子一条巷子，房子是破旧的砖瓦房，当中有几幢二层的楼房，显得残破而杂乱，我正感叹着历史的变迁。

无意中，却看见在一条石板道上，一棵古拙粗壮的鸡蛋花树，在阳光下散发着幽幽的芳香。树干合抱粗，往上有三个分枝，枝干如水桶大小，横斜弯曲向上生长，开枝散叶，枝节处长满了一条条白色的胡子一样的根须，树冠覆盖着两边的房子和大半条巷子。树下，摆着一张方桌和几张方凳。我想：傍晚或是晚上，这里一定会聚集着一群悠闲的街坊邻里，喝茶纳凉、家长里短、古今中外、谈天说地。

从树身看，这棵鸡蛋花树像平民医院门前的一样，经历过百年沧桑，或许是房子盖好后人们随手剪枝扦插的，或许是后来才栽种的，风里雨里，这棵鸡蛋花树陪伴过多少人？芳香过多少人？荫蔽过多少人？她见证着这一片土地的沧海桑田，见证着这一片区域的岁月变迁！

而这一条小巷这一棵老树，在功利的城市化建设中，在不久的将来将荡然无存。当然，她间或会出现在曾经在这里生活过的人们的记忆中，但难免随时光而湮灭。

鸡蛋花树，平凡简单犹如人生。

（选自《湛江科技报》2020年12月）

致敬一朵云

_丘海念

  风来了，云，波澜不惊。
  鸟对天空的依恋，云最懂。
  云的伤，却禅化出美丽的彩虹。
  一直以来，我喜欢把生命与水、水与云朵联系在一起。
  卷层，卷积，高积……这是云朵安放自己的方式。
  它们，俯视着大地，闲看花开花落，一直向远方求索。
  云，总是淡淡地来，淡淡地走。我却对云总有一种特殊的感情。因为，无论是乌云、白云、红云，都毫无保留地飘进我的生命。
  飘逸、自由、纯洁，都是云的本色，一起亘古不变，望着山川，望着河流。

（选自《大沽河》2020年12月）

树林书

_白炳安

路过一个地方，只见许多树身着绿色的旗袍，站成林，丢下一地的寂静，把枯黄的暗影落到明处。

走入树林，可见每一根残枝攥紧着树身，证明与树连着生死与共的命运。
某一刻的蝴蝶，飞来愿做森林的一个观众，观赏一场繁花的演出，伪装成叶，混在叶丛。

林大，直树歪树混杂其中。
直的，翻过几页阻挡的枝叶，依然有积极向上的姿态。
歪的，横出几枝杂念，估计年轮里的纹理扭曲已久，无药可救。

一只鸟，啄破了冬天的一小片寒意，守住了一棵树上的阳光，咽下一口气，把藏在心里的压抑唱了出来，唱成一曲啁啾的雀跃。
似乎向我提醒，尽管脚下的路，被误伤一地衰草；但每一棵树都在风中摇曳着对叶子的热爱。
想到一棵树都能把一只鸟，举过头顶，让它在死里逃生。
我的思想也雀跃起来，不断在脑里跳来跳去，栖满鸟声。

（选自《岁月》2020年第9期）

孤独

_刘向民

以一个颓废的姿势，伫立，或者倚靠。

生命尚存，但只显示一个构造，呆呆的，冷冷的。

风拂过躯体，没有晃动。

一个人的思想变得发霉，或者停滞。

低点，再低点，总是要把自己放在一个冰点上，让自己隐藏在淡然里。轻轻地，张开嘴，呼吸无声，疼痛也只隐藏在内心。

摊开一张白纸，写不出任何的文字和表述，心底的记忆挣扎，云层裂开，光痕复苏，空虚在事物的缝隙里发出尖叫。始终冲不出窄窄的喉咙。

抓起一杆笔，沉默了许久，又放下。饱满的墨汁一团浑浊，只能在黑夜里沉静和蔓延。

孤独，让自己更加冷静。

[选自《散文诗》（上半月）2020年第1期]

孔庙的傍晚

_杨芳

  最后一场雨落在十月初,之后,心随清冷的气流,带走了心底的燥热。

  蝙蝠掠过,将一连串的苍凉浮雕在屋脊,宋街口的铜钟,用笃实的心音为它加密,敲出半城的暮色。

  还有榕树,垂下的依恋,以及带不走的记忆,听到了泮池底下,游鱼的叹息,绿油油地葳蕤起来。

  风语,被西江的雾色收留,而圣殿内的塑像,沉默悄然潜入日历,用前因与儒学忠告世人。冷冷的古编钟,意味深长地动了一下,将黑与白,用声音联结了起来,让人沉思或回想。

  夜露,渐渐重起来了,光线,慢慢收起了,像案上的香水百合花瓣,清洗着人的迷乱与法则。

(选自《大沽河》2020 年 12 期)

樱桃谷的脚步声

_张新平

　　缘。倚在春梦的门槛，在欲滴的暧昧里流连。踏上心怡的银河，触觉一波波多情的云朵。
　　恍惚的恋，酸酸甜甜，醉倒那片月光里。
　　一粒圆润，饱满在天经地义的沧桑里。望着山口，泪流满面，聆听越来越近的脚步声。
　　我不喜欢，与一隅祥和的灯火苟合。
　　我期盼，黑夜里伸来一只花心的手。从此，认领满山草木，相伴一坡摇曳的温度。

（选自《安徽文学》2020 年第 10 期）

一个人的自然

_ 潘志远

在城市里，一棵树是自然。

树根旁的一丛草是自然。倘若有一处公园，那里一排新栽的樟树，一畦杜鹃，是自然。墙角处几竿竹，几棵芭蕉，是自然。

一株矮矮的三角枫，带来红红的秋色，是自然。

几株老梅枝，下着纷纷扬扬的雪，是自然。

一泓池水，游着一群锦鲤，更是自然……

是零零星星的自然，破碎的自然，被隔绝的自然。

也只能这样了。

通过我将它们拼凑在一起。它们都活在我的肉躯里，我躺下来，闭目遐思——

它们获得一片辽阔。

兼有远方的大山，河流，草原，沙漠，戈壁……

兼有蓝天，白云悠悠，日落月升。

海正悄悄涨潮……这时，我又获得了自然，融入自然。

车水马龙的都市里，我一个人的自然。

（选自《大湾》2020年第4期）

龙潭夜色

_温阜敏

　　一盏两盏三盏，一盏盏暗红的灯笼，照亮我乡愁的归路……

　　不经意间，我闯入了一个挥之不去的旧梦。陌生而又熟悉的龙潭，有江水的潮湿滋润，岁月悠悠的醇厚，又见烟花依旧青石巷，红尘依然木板楼的留痕。品呷黄精米酒，透心的甜蜜，然后适宜啰唆的叙旧，重复的契阔，老套的品茶论酒，陈旧的赏月观花。

　　莲影荷云，暗香浮动，地下河在深处暗涌。莫名的惆怅，还是随江涛汩汩而来，迷蒙在似梦非梦的幽篁里。夜幕下的湟川古镇，多了份山崖下的凝重，石岩间的浑厚，还有老屋的古朴，大树的苍劲。享用山川间的夜，心绪如林下的徐风。

　　兀然，熊熊篝火烧亮粤西北的夜空，阵阵瑶歌欢快起连州生活的节奏，我原本困倦的心，被咚咚长鼓擂响，和着龙潭的脉搏，跳动在落下古镇的煜煜星河……

（选自《清远日报》2020年8月16日）

独木桥

_李成

忘记不掉童年仅仅见过一次的一座独木桥。说"一座"都有点"太大了",只能说"一根"或"一枝"为好。

九岁那年,时序已届深秋。

一行人走进了秋夜的原野。

天边上有一钩新月,所以原野上有薄薄一层亮光,可以看见河堤上黝黑的树影矗立在半空,近处有一处处村落,偶尔闪烁一星两星灯光,还有像白纸片一样散落在四野的池塘。我们疾行在田塍上,秋风吹来已有微微的寒意,才发现有一道黑魆魆的深沟横在了面前,沟渠里还缓缓地流动着半渠水。

哪里是什么木桥,只是一根粗粗的圆柱横在沟渠上,两端还缠络着菜园里延伸过来的瓜蔓,瓜蔓上还摇曳着两三朵白花。

所谓的独木桥吧,一声不响地横躺在泛着白光的水上,黝黑的身躯仿佛正等着把行人从此岸送到彼岸。

安然地过了桥。

我回头望了望那桥,又回到了独自横卧于秋夜流着白水的沟渠之上的状态,默然无言,毫不显眼,并很快消失于我的视野,消失于无边的夜色,无边的旷野……

独有那座独木桥却始终横在我记忆的河流上,它像一枚银针,缀络着童年的许多往事,让它们清晰如昨。我也一直在想:那独木桥在那沟渠上横了多少年?最初是谁把它安设?它后来怎样了呢?被拆除还是一直在那片田野上?……

我平生就只走过也只见过这么一次独木桥。我多么想再去原地找一找那座独木桥……

(选自《九江日报》长江文学第 27 期，2020 年 4 月 26 日）

贵州雷公山风云录（节选）

_ 宋晓杰

4. 水上粮仓： 殷实的家

凌水而居，不是人。是安全、可靠的木——而木，最终又作用于人。

在雷山，初见的讶异不亚于穿越。灰淡的廊柱、飞翘的门檐、青瓦的屋脊、鹅卵的曲径……一不留神，便踏入过去。

再细看，穿斗式吊脚楼，青石垫脚，木柱置于石墩上。吊脚楼下，密布的浮萍，又为苍灰的仓底水面镀上一层绿锦，如浪漫的梦境。卵石如太极，布下蛊惑的迷宫。

红对联与绿浮萍。苍老与青春。人与兽。草与石。月光与日影。现实与往昔。回环与通幽。柔软与坚硬。在此汇聚，在此交融。

面对眼前所见，我不禁神游天外：600 多年前，当苗家兄弟在一片山坳间挖土、夯基，会不会想到，以防潮、防鼠、防盗的名义，单纯的存贮会成为世间绝无仅有的收藏，成为苗族农耕稻作文化的活化石？

"一粥一饭，当思来之不易"，从来都是对土地郑重的敬意；"稻花香里说丰年，听取蛙声一片"，从来都是对劳动诚挚的歌咏；"仓廪实而知礼节，衣食足而知荣辱"，从来都是对生活美好的愿景。

40 座粮仓，40 座丰碑。背倚威仪雷山，静观逝水流年。你殷实的内涵，不输明朝的古柏;你诚恳的理想,志在奔跑的未来。

"黄金在天上舞蹈,命令我歌唱。"我更在意那精神的稻谷和粮仓,更执迷于神祇的昭示和象征。愿灵魂神圣的对应物,在平俗生活中闪光。如奔涌的大海。如至上的星辰。目光和心灵,一次次被你擦亮。愿心空辽远、蔚蓝,又能确切地安放。

当晴朗的天光送来美酒的气息,当饱满的稻米在天地间铺展,我将于两千公里之外向你遥望——那样的场景,我并不陌生。因为,我的家乡也盛产稻米——你的容颜,其实,就是家乡的容颜,就是母亲的容颜。

我穿行于丰收的田畴,将稻米的清香吸入肺腑,默默地记取,深深地陶醉。

过往如此美好,回忆如此绵长——犹如,伏在你的膝上,头沉沉,泪潸潸,来不及说出我的感激……

(选自《青岛文学》2020年第2期)

海洋人自白

_沉沙

如果把我和大海加在一起,我就是一个海洋人。

如果把我和大海分开,我们会各自独立。我是我,大海是大海。

如果把大海加上一个大海,两个大海还是一个大海。如果把大海加上一个大海,再加上一个,三个大海还是一个大海。

如何把一个大海变成更大的一个海呢?

现在,我把一个大海加上更多的大海,我要一直加下去,直到它变成一片汪洋,然后,我再把一个汪洋加上更多更大的汪洋。

唉，可惜，没有更多的汪洋让我加在一起。

现在我开始把许多汪洋大海分开，让无边无际的汪洋变成一个个小小的汪洋，再把一个个小的汪洋分开，变成一个个更小的海洋。

我要一直这样做下去，让一个个大海分成无数个更小的海。然后，我把更小的海继续分开，让它分成许许多多的海浪，然后，让许许多多的海浪继续分开，直到我能分辨出哪些浪花淘尽英雄，哪些浪花是长江的珠江的黑龙江的黄河的淮河的运河的黑河的。

哈哈，总有一点小小的遗憾，我的一生早和大海连在一起，无论如何撕开，都难以把我和大海分离。无论如何扯散，我的心已经成为大海，无论谁也改变不了一个海洋人的命运。

现在我发现，胸怀世界的每一个人都和大海有关，每个人的心都是一片汪洋。

（选自《咸宁诗刊》2020年第1期）

水之梦

_蔡华建

秋雨，是春水随季节变化的冷美人！

带着清凉，还有洁白的肤色，闪着光而来，坠落在水面，宛若一场梦跌碎，了无痕迹。

追踪着跃动的涟漪波纹，追寻春梦而去！

母亲的絮叨，是一阵有质感的秋雨，推开了入冬的大门，院子里的犁耙什物都从休眠中起身、喧闹起来，迎接我记忆的回归。门口的手摇井，汩汩清冽的水,是琐碎,喋喋不休的私语,流淌着陈年旧事。

记忆的漫游被瑟瑟的风吹断,幽幽地湮灭于水中,我听见心门被童真叩问,深沉而悠远。

父亲曾经的斥骂声,火星般溅起,穿过时光之河的水面,被折射成一道缓慢、孤独又有些和蔼的光线,打在长满怜爱的心上,痛彻。

夕阳照水,牵引着水之梦,一点点逐波而去,飘远,飘远。

可否化作一尾鱼,紧紧地追随,挽东流水歇?

(选自《大沽河》2020年12月)

在春天眨眼而过

_牧风

我在初春的翅膀上贴近时光的驿站,空气里带着清寒和料峭的风。一切的风景都沾满了泥土的清新和残冰的破痕。

我俯视甘南大地,春的消息在沉寂的夜色里粗犷地穿行,把黄河和白龙江的肤色涂满银子的光泽,森林和群山竖成伟岸,众兽的目光瞭望远处洮水在春梦中复活影踪。

有生灵在呢喃的春风中吹醒黎明,可爱的春,娇小的身躯在高原隆起的胸口打着一声声口哨,撩拨着谁的一片伤情?

严冬的衣衫已被春的玉指揭开,裸露出新生命的肌肤,那是众生今年的寄予吗?我在这空旷只剩骨头的缝隙里,瞅着不老的江河和花儿的芬芳进出大地的硬壳,一路奔腾而去。

触摸那片初春的衣衫,我和春天的内心只隔着一缕阳光的距离。

今夜我伫立在祖国的西部,厮守冷雪在一片片大野中逐渐消融,想象那首曲和桑曲河水涌动的咆哮,会在初春的挽歌里喷薄而出。

一群灵魂就这样被草原的残雪沉寂着，与牧帐前深浅不一的脚印对望。

我的眼眸堆满甘南春的身影，哪朵云会放弃与冬日的对话，把塬上的暖风在雪域空旷的深处痴情地捧出？

聆听时远时近的牛角琴声，我的内心被嘹亮覆盖，黑夜失去了宁静。

天空依然抖动迷人的花瓣，将我孤独的身影紧密地包裹。

去初春的时光里放牧灵魂，让内心对青山和绿水的渴念在风的缠绵中迅疾地燃烧。

独坐北方，执着于对一群飞鸟的怅望。

独坐草原，那清凉的遐思在春意朦胧中虔诚地表白。

遥望临春的甘南，残雪在解冻的风铃中化为春水。

雪域的恋歌，在水草的露尖上舞蹈、歌唱。

我面对袒露的春之私语，鸣动那狂放的心弦，在春的蝉羽上抒写爱的乐章。远望草原深处，我用一种久病初愈的目光，撩拨高原悸动的心跳。

绝妙的精灵呵，今夜你撩动一个游子的魂，用飓风的手掌托起月光一样的歌喉。在辽阔的青藏腹地，一条古老的河流在昼夜倾诉……

母性的光芒里长大的春天，那是草原上一块生命的亮点。我的梦爬过春的山岗，在夏日龙胆和马兰的芬芳中闪烁着。

（选自《散文诗世界》2020 年第 4 期）

红木：千岁之木，亿岁之魂

_黄刚

红木，一种令人惊诧的南方神木。

孕于土，活于水，涵于金，蕴于火，成于材，用于器……

观一根原木，躯干勃发出泥土的力量，触它，掌心弥漫水润的清凉；敲它，清响回应你五金的铮铮；剖它，眼帘布满密匝清晰的纹路。

清响是雷声、雨声，还是天籁的遗韵？

纹路是思绪、年轮，抑或太阳的轨迹？

清亮坚韧的质地将使命撑上蓝天，披一袭暖热的霞衣，神木渲染着承负激情的使命。

现代鲁班的双手沾染了神木的灵性：木屑飞溅，刨花翩舞。

绵响的灵感驾驭着刀、锯、斧、锛，美轮美奂的造型凝固成一幅幅绝妙的画图。

鬼斧神工演绎出千变万化的卯榫，上下左右前后内外的衔接，于娴熟中让每一截红木成就了一段百读不厌的传奇。

躯体上，雕刻上了华夏五千年文明的图腾，传奇中，融合了中华民族智慧的基因。

汇集了千万种别出心裁的匠心，浓缩了华夏人八千年人文积淀的精髓。

神木之体裹一颗亿岁之魂，神木之质对应一颗天工之心。

伴随思想的推敲，一木成一器，一木成一艺：

雕一扇松鹤延年，雕出永恒的眺望；刻一尊千手观音，刻出虔诚的祈祷；镂一幅九龙戏珠，镂出腾飞的梦想。

一桌、一椅、一柜、一床、一几、一凳……

漫散出宋风，明品，还是清格？

端详这巧夺天工的红木工艺，造型千秋的家具氤氲着古典，透射出时尚。

红木，神木！

剖析塑形，制卯成榫，衔接组合，抛光打磨，雕刻敷漆，登堂入室……

此际，木已非木，她已神奇为倍添身价的一件精品、一种艺术。文明的因子从红木的肌理生长成山水人物，花鸟虫鱼，不由得幡然醒悟——神木，载负着几多象征几多思想。

红木非木，神木非神。

作为载体，现代鲁班正在凭借神木，用智慧和刀锯，编创百年不衰的传奇。

神木，千岁之木，亿岁之魂。

（选自《中山日报》2020年8月）

生命

_剑均

　　生命是春夏秋冬的叠加,可以看到不同的风景。享受人生者,可以从中领略诗意;浪费人生者,只会从中消磨时光。

　　人们总想留住生命中的美丽,但岁月是吝啬的,总在用风霜雨雪摧残人的容颜,与其徒劳地与时光叫板,莫不如让不老的快乐常伴身边。

　　微笑是生命中快乐的使者,也是医治忧伤的良药。因为,忧伤需要理由,快乐却不需要理由,只要有一个好心态就够了。

　　每个人都有梦想,但要切记,梦想的天空是蓝的,白云飘动的是希望,而不是空幻。

　　生命的足迹,每个人各有不同。平庸的人选的是平坦的路,非凡的人选的是崎岖的路;走到最后,平庸者得到了安逸,非凡者得到了成就。

　　生命虽短,却是一个行走的过程。赏春江花月夜,观大漠孤烟直……试着把生命当作一首诗,用微笑来品味,即是享受人生。

(选自《解放军报》2019年12月)

走到屋外听蝉鸣

_李安淇

蝉鸣之季是夏季,这虽然是一个炎热的季节,但能在室外听到蝉鸣。

清晨,小院子的上空好像笼了一缕薄纱,一半淡橙一半粉蓝的天空下,是晨乐队"大合唱"的舞台:主唱蝉的声音从四面八方传来,不知道它们是不是在附近装满了大喇叭,那嘹亮的歌声响彻天际,鸟儿们的声音也渐渐加入这场盛夏的大合唱中。院子里的蝉鸣声时大时小,波浪般涌来,鸟儿们放开嗓子给蝉伴唱,无奈蝉鸣太响亮,几乎听不到鸟的和声。听着听着,演唱会接近尾声,只有鸟还在唱,院里的树木摇晃着枝条,叶子上的小露珠也微微颤动,像是不舍这美妙的歌声。

正午,鸟儿全都躲到了树荫下,才安静一会儿,蝉鸣声又响起了,这次不是大合唱,蝉鸣声从这棵树响起,另一棵树上就有一个声音来回应,蝉在树林间玩着接力,有好奇的鸟儿蹲在树梢上围观。蝉似乎都喜欢高大的树木,正午时分,在有蝉鸣的地方乘凉是个好的选择。

傍晚,天色渐暗,霓虹灯照耀下的树木只剩下一个剪影,街上红红绿绿的车辆来来往往,这时正是一天中最热闹的时候,小院子成了人们匆匆路过的地方。而在灯火璀璨的城市边远处,蝉鸣依旧,它们的声音对喧闹的街道来说显得太微弱,但此时各种声音混合在一起,又是另一种新的音乐。

听说蝉是用生命来歌唱,唱完一个夏季,就要等上一年才能听到。现正当盛夏,为什么不到室外听蝉鸣呢?

(选自《湛江科技报》2020年11月23日)

汶川风

_羊子

这些风吹了一下我的脸庞,转身消失,他们以为从来都不认识我。

身边的涛声拍打着遥远的海面,我把目光放牧到蔚蓝色之外。

许多的春天,一瓣一瓣,一枝一枝,从这些风的隔壁,火爆爆地妩媚了,抖动羌绣的腰姿,一美再美。

我的语言探头过去,悄悄吻了一下岷江,水中的星辰羞赧地敞开了胸怀。

徒劳地轮回了,那些奔驰热兹草地的骏马;青翠地呼吸着,那些一座一座的苍茫。

还有,一树一树甘甜,一层一层抵达雪峰的欢笑,挟带着白马山对面白空寺里的白石,席卷而来。

(选自《星星·散文诗》2020 年第 5 期)

云和雾

_ 葛道吉

　　升上去，是云。落下来，是雾。
　　云是用来欣赏的。雾是用来亲吻的。
　　在西顶，虽不算高，却连绵。我无须仰脸，把眼放得很开，终看不清山梁、石缝沟畔处长了多少棵黄棟，多少棵红枫，多少棵柿树、白杨、领春以及零星的黄栌与野皂角。
　　沟崖的石缝挤出那棵崖柏，吸尽了山岚精华，沐浴了风霜雨雪。正果何时修炼而成？正果已经修炼而成！谁知道呢？
　　山和万物的气质，协同白云，高高在上。时而缠缠绵绵，相互缠绕，久久不散。
　　居住西顶的人们，眼睛清澈明亮，山岚水气成雾，瑞泽啊！
　　雾发誓要把西顶包围、填满。然后飘升，触摸月光，撒碎银满地。触摸太阳，悄然融化，以水的形式投入石缝，找寻万物根须。
　　此刻，我已是西顶飘荡着的一片云，神清气爽，也是西顶缠绕着的一团雾，抓一把，便成了湿漉漉的诗行。

（选自《大观》2020 年第 8 期）

清水江记

_王琪

　　一直以为，我身体里有两条河水随血液缓慢流动：一条是故乡的罗敷河，在西北，可惜她这些年干涸，甚至断流。而另一条在异乡，取名清水江，在南方，日夜奔腾，清澈见底。

　　——她宛若明镜，照亮我晦暗之心；宛若丝带，让我一次次心向往之。

　　当我轻步缓行，颔首低眉间有幸途经南方，偶遇水江，欲将俗世惹下的满身尘嚣抖落在地，我相信，清水江定能为我彻底濯清洗净。

　　在这里，波峰浪谷，百舸争流，四季如画。山，有男人一般的伟岸；水，有女人一般的韵姿。譬如四海山之幽，譬如百丈瀑之势。

　　站在任何一个角度，抬头可见峰峦叠嶂，俯视可闻波光粼粼。

　　那一衣带水的众多人家，都将清水江作为世代不变的家园。远古时期的烟火，至今未灭。这丰衣足食之地，经历了多少风雨，孕养了多少好收成，我不得而知，但我以为，清水江是一条温柔之江，母性之江，更是一条生命之江。

　　独自一人漫步江边，会被她的气息迷醉。此刻，世间一切皆朦胧、玄秘、隐匿，唯独清水江敞开胸怀，无论晨昏，吸天地之灵气，纳日月之精华，令眼前的辽阔之地钟灵毓秀，通真达灵。

（选自《诗潮》2020年第5期）

从一首古诗出发（选章）

_雨倾城

朝望白云起，暮望白云归。
淮阴多少树，不碍白云飞。

——〔清〕张文光《留云亭》

四

一眼，就能望到白云。还有我，短短的一生。
深山。小院。门始终开着。静，很静，不仅仅是心。树沉默，我亦缄口。
所有的经历，一一忽略。

我在淮阴喝了多少酒。我在路上听过几场风。我在尘世，又觉到几颗不染不碍不争不抢的心。洒脱的愿望，更像是一场追寻。
用一个个清晨和傍晚，看白云飘飞，飘飞。我在黑夜看见它，我在白天看见它。我一朵一朵地看着，允许它喊出我的名字，并带走我的影子，和生活。
所有的云，都往我心里流，眼里流，杯里流。春秋无涉。
我也流动。
这些相望，会给我怎样的一生？

十

月黑见渔灯，孤光一点萤。
微微风簇浪，散作满河星。

——〔清〕查慎行《舟夜书所见》

一切都隐去了。

月亮，天空，两岸，我被河水与岁月反复清洗过的影子。我得停一停。忙碌的人，漂泊的人，心里住着爱的人，都该睡了吧。

闭上眼睛，那小小的渔船上小小灯火，跳跃，沉浮，童话一样填满我黑黑的夜晚孤单的夜晚。它找到我，并取走我的心。它说，它是静，是宽敞，是我内心，从未到来的赤裸的真实。

忘掉世事。一些静落下去，散作满河，点点星光。

一点，两点，三四点……我一点一点地数，满身水汽，却浑然不觉。

（选自《山西文学》2020年第9期）

夜行磁器口

_徐庶

小酒馆不只卖酒，还卖音乐。靠窗弹唱的小青年，吉他醉了，音符跌跌撞撞。

闰四月初八，再反弹一曲，指尖拨飞的新月，像一把刀。

夜空洁净如你的脸，不用修饰也好看。

这条青石板老街,尘世来去无痕。不像我们如钩的心事,在一支歌中,时而跌宕,时而平复。

我们驻足,一条街表示默许。

弯月在无字天书上记载:有俩人来过,没人能懂。

(选自《散文诗》2020 年 8 期青年版)

时间在说话

_徐福开

一

稀疏的文字是新的,在和时间交流。

另外一半惨不可闻。一切都是推陈出新,你们曾担心我,涌出一些往事。

而我,与你们彼此不同,我害怕在文字中间,傀儡附体。

二

我在关注一些虚无缥缈的木乃伊。所有的学术都是可以加以戏谑的。

"大家"每天夸夸其谈,花似岁月,更迭一代人,再一代人。时间静止,而他们不会。

辉煌终归于平静。

三

  咽炎不是与生俱来，环境作恶，咽喉颤颤发抖。

  乱世中的美神，没有全神贯注。世界是他们的，"光芒"四射。

  倘使没有这些，我像极了他们的朋友。

四

  童话只是路过孩童。

  理想要挺住，就是一场战争。刺伤举足轻重那些无关痛痒。

  孤独与疼痛，在箴言与灵魂中艰难。

  你，就是一个自由的孩童。

五

  清晨的阳光最刺眼，比正午清新，比晚霞活力迸发。

  我们在清晨相遇，时代感肩负在身；大概是年代不同，在梦中，夕阳无限。

  该说再见了，欢愉从此天各一方。

六

  方向感，到了一半就要迁移。

  共情是少数人的，月到心头已十分。你们推心置腹，个性却不再挣扎。

  月是大家月，心悬于公堂，一目了然。你只要读懂一颗星，就能窥窃岁月的答案。

  不要猜忌，时间在说话。

（选自《大观》2020 年第 4 期）

杂货铺

_王小忠

他到了车巴沟,像一个江湖艺人,更像一个武林侠客,不可救药,也异想天开。

就那样,在背阴的小二楼上,他和即将到来的寒冬展开抗击与搏斗。直到现在,他还无法理解自己的愚蠢,赤手空拳挑战深沟里的寒风,身无寸铁挑衅满房间的空荡气流。

没有人知道他的梦有多么宏大,一个艺人和侠客就此成了失意的建筑者。青山绿水,房屋古朴,作为建筑者,他也感到了失意和落寞,无法将自己从日复一日的空虚中拯救。最初的喜悦沦为忧伤,激情沦为悲叹,权利和职责成了腐朽的刀弓。他只好退隐在小二楼的角落里,守着光阴里无限的寂寥。

怒吼的风像魔鬼迎娶新娘。他不敢出门,只好把塑料罐改成一把夜壶,坐等春和景明的某一天,时间给他一个光荣的身份。

杂货铺就在小二楼对面,它像冬眠苏醒过来的黑熊,开始张大嘴巴。但他必须走进去,买些蜡烛。这么久,他就等杂货铺开门的这一天,他还要改善下生活。苏奴东珠是这个杂货铺老板,他趿着拖鞋,也像刚醒过来一样,对任何人与事都显得十分厌烦。但他说,有了蜡烛,就会看见各种各样的春天。

那晚,他点燃蜡烛,果然看见了奇花异草。于是,他想要告诫像他一样的艺人和侠客,还有建筑者,不能轻易去冒犯杂货铺老板。

如果没有蜡烛,就找不到春天,找不到春天,就永远被圈在车巴沟,无法衣锦还乡。

(选自《散文诗》2020年6月)

虾笼

_陈计会

  人们习惯将长条形活动物体比作长龙，让人觉得要越过语言的厚茧才能抵达事物。而眼前这只虾笼，给人的印象是一列从大海里吭哧吭哧驶来的绿皮火车，它应和着大海的涛声。仔细辨认，一节节方形的铁圈套上绿色的胶丝网作为火车厢体。在岸上，它收藏起来，折叠成一块，你认不出它的模样；当放到水里，一辆古典的火车就活灵活现展现在你眼前。它的每一扇车门是敞开的，呈漏斗状，虾们进去后就极难出来。同时，桌面上还摆着米糠之类的零食，恰好又是虾们的最爱。

  这列古老的火车随着海水的激荡而起伏不定，犹如长虹卧波。"它好像没有前进的方向和动力。""不！"它的动力来自一只布满阳光锈迹的粗糙大手，从岸上拉到海里，又从海里拉到岸上。最后，它还会吭哧吭哧地驶向终点站——餐桌。

  在目光的聚焦点，托盘上一只只佝偻的金色大虾，能否构成一篇指证陷阱的陈词？

（选自《北海日报》2020年4月）

苏醒

— 香奴

群山正在苏醒,吐纳成风;河流也醒着,隔着冰层仰望月色。神灵正在苏醒,指挥那些出入梦境的玄鸟。

你知道,我也苏醒了。

我是深夜之后才回到自己的游荡者,你听,这黑暗里,我把所有叹息都从空气里收回,还有青春年少的我头戴蝴蝶花的影子。

我画过的仕女一直不寐,并手指行云唱出知音,那走远的将军要苏醒,他们的民国,青天白日。

干瘪的雏菊苏醒了,多少秋霜已经暗含其中,这无眠的双手抚摩紫砂的提梁,倾倒暖,倾倒不肯离去的一场春雨。

葡萄苏醒,吹弹得破的是九月的紫;我的洁白苏醒,这采不完的荷,挥不尽的汗水淋漓。

就连那落去的红日也藏在一把干枯的莲蓬里,每当深夜,莲子就一次次捧出苦心,言说镜花之缘。

大地也即将苏醒,披覆皑皑白雪,却留出一条湿淋淋的小路,给黎明。

(选自《延河》2020 年第 1 期)

岭头单丛

_雪漪

你在我的异乡，任何一条路上，都有风尘仆仆的天外来客与遍地草木的人间手足。

不管冬天深成什么模样，面对你的形散神聚，没有辜负这一场久违的会意。

岭头的那枝单丛，是我心上的一曲蓝调，节奏感很强，安抚过我由来已久的烦躁。

我以一颗初心承认，人到中年，还不能接受人到中年万事休。

把风云在一杯单丛里收住，没有走出那条相思的老街。这自然的芬芳，扫荡了我的盛年，就形成一笔一笔需要我清还人间的债务。

继续赶赴，希望不用左顾右盼，就能遇到后天蜜味集体唱和的厚意深情，注定爆发一场单丛的豪迈，一如青春的余温正在流过我的血液。

冬天继续深入，无边的寒冷围困不了热情的大雪。

青春的欲望归零之后，栽培人生能够继续爱下去的，还有介于一垄一垄绿色之间辽阔的期待。

从春天的绿，移步到冬天的白，你变换色彩捉迷藏。虽不懂潮汕方言，我却有一批潮汕的朋友，和你一样与我产生缘分的交集。

他们都是来自民间的宗亲，一句笑谈里盛满了高天降落的暖阳，可以替我发现你，甚至让我朱唇未启，心有灵犀就想呼唤你。

你的清爽与甘洌，你的奔放与浩荡。

（选自《大湾》2020年第4期）

布尔津河

_支禄

哪儿来的,又到哪儿去?

一个劲儿美丽地流着!

站在布尔津河旁,一个人就是不知道时光在流。

一块上岸的石头,圆鼓嘟嘟的,定是装满了水声。在布尔津,才知道石头像羊群一样,在水里饮食涛声。一朵云背着一道子弯弯的彩虹,湿漉漉地放到水底深处,雷雨过后,又赶紧挂在天上。在布尔津,我发现彩虹住在河水里。

河水提来一盏盏灯,把两岸的葵花地照亮。

朵朵葵花,为更多赶夜路的人照亮。

一个肩膀上挎着绳子的人,匆匆赶路。

然后,盘结起来,悬挂在后院风雨斑驳的墙上,

左看右看,像把拧干的布尔津河悬挂起来,耳朵按上去还听到阵阵水声。

(选自《星星·散文诗》2020年第7期)

黄河故道

_马东旭

逝者如斯夫。

但我信奉我的存在和存在主义，也信奉我的不存在，也就是无我，是的我将无我，无小我。这是伟大的圣辞。

天籁、地籁、人籁，如同一个个圆圈。我站在圆圈之外，听万籁而不被万籁的余音所绕。我看见了黄河之水天上来，看见它奔流到海真的不复回，双手抓不住一滴。抓不住的还有很多，实名的和无名的。

我仰观宇宙之大，有的鸟集体主义。有的鸟个人主义，它依附于树梢，它是它自己的风景。展望未来，我是唯一，且存在于当下的一念，由无数个一念组成。

此刻，我把手里的青秧插满田。

我们男人，我们和爱着的天地一体，如此亲密。低头便见水中的蓝天，我称之为宁陵蓝。

（选自《大沽河》2020年第1期）

陈磊：果敢的解释

_陈平军

　　面对罪恶的气息悄然吹拂温柔的街道，你，一个九零后，改革开放经济成果的享用者、义务教育和独生子女政策的受惠者、互联网和手机终端时代的使用者。

　　风一般的迅疾，不由自主地在风中飞奔。

　　以正义之姿，果断地斩断伸向幸福的黑手，把黑暗的光斑斩钉截铁地丢进垃圾桶。

　　此时，天空中的和煦，稍微打了个盹，你就与生命展开了又一场搏斗。

　　稍稍抬头的罪恶的锋芒扎了一下你坚强的心脏，这，需要心肺复苏术，才能扶正有关见义勇为这个词语的写法。

　　需要用最善良的初心才能阻止一切滋生罪恶的土壤。

　　所以，心跳骤停、缺氧缺血、器官功能障碍、短暂失忆，都会组织一切果敢的片段对那个飘逸的姿势进行最完美的复原与回忆。

　　生命的片段，也不是只有果敢。

　　果敢，不是唯一的解释。

（选自《星星·散文诗》2020 年第 9 期）

卖菜的人

_ 苏启平

一

又起了个大早。

在梦中讨价还价的时候，突然醒来。

掀被、穿衣、下床。没有开灯，她生怕灯光惊扰了被窝中孙子和老伴的鼾声。

脚步快过眼神，鲜嫩的青菜振作了老人的精神，带走了最后一丝残留的瞌睡。

犹如把弄着自己的孩子，老人小心翼翼地将菜从菜地抱进自己的菜篮。

粗糙的双手已经开裂，青色的污渍已被岁月染成了黑色。

卖菜的老人习惯将菜叶上贪婪的虫子用手拿起，远远地扔向远处的草丛。至今，城里的侄女还到处诉说着姑母的壮举。

没有声响，没有狗吠，只惊扰一晚的秋月斜向西边。

在清冷的月光中，老人关门出屋。

二

破旧的墙体，沾着斑驳的月光，形似饥渴的饕餮，张牙舞爪。

它恐吓万物，万物一片寂静。秋是魔术师，将夏的露珠变成了青霜。洋洋洒洒地铺盖了大地，连白天喧闹的小道也不能避免。

老人踏着沉重的步子，一路前行。扁担两头的菜篮摇摇晃晃，摇出了老人脸上淡淡的笑容。

老人想起了幼儿园游乐场上摇荡的秋千和孙儿的欢笑。

扁担吱呀的叹息，恰如村头乡人手中的快板，一上一下评述着来来往往的喜乐辛酸。

老人铿锵的脚步，惊醒沉睡的乡村，点亮沿路的灯火。鸡张开鸣唱第三遍的嗓子，远处狗吠。

路人开始在朦朦胧胧的乳雾中擦身而过。

老人加快了脚步，一路疾行。

（选自《星星·散文诗》2020 年第 5 期）

步步高：在西顶（选章）

_ 范恪劼

三上——西顶留好

再到西顶，第三回。

抚摸着一件件挂在墙上渐成文物的农具，注目着一座座历经风雨又修葺一新的百年老屋，惊叹着声光电气的登堂入室，惊喜着河南省散文诗学会创研中心的挂牌授匾。

有种情绪，像西顶下正可俯瞰的秋色，一层层涌上来。

西顶，这个顶着省的帽子之顶——省级深度贫困村，真的变了亮了红了。

曾几何时，先辈们以及这些正在靠墙晒暖的耄耋老者，还在习用着汉代的石磨石碾油灯火镰，绳床瓦灶，桑户蓬枢，一无长物，一钱不名。

曾几何时，荒地5000多亩，耕地仅182亩；仅剩42户不足百人的西顶村，建档立卡的贫困户就有29户57人！

曾几何时，耕读传家久的传统和败落的乡土家园早已被视若敝屣。据说，这个小小村落，几十年间先后走出的位居要津者不在少数。报国处处可尽忠，可是，泽被乡梓呢？

几千年以农立国之邦啊！一样的土地，丰收和饥馑，哪一双魔手能够让它们一回回轮流坐庄交替而生？

不居的岁月，并没有在四季的轮回中仅仅重复着一次次回黄转绿。

如初留在如初的地方；变，终于发生了。

随着精准扶贫队进驻，随着康元农产品开发有限公司"西顶小镇"项目的启动运行，至2018年，西顶贫困户已全部脱贫。

国家级传统古村落"云端西顶"，如火如荼，百废待兴。

参与其中的西顶人、留守村庄的西顶人正在用日新月异的速度装扮着西顶。

革故鼎新的应有什么？

一如从前的该是什么？

硬邦邦的物质和看不见的柔软，青山绿水与现代摩登，彼此相宜的比例与空间是多少？

去留与增减之间，西顶人正在以农人侍弄庄稼的那份虔诚和精巧，捕捉那种好，恰到好处的"好"。

青石为顶根基硬。实实在在地，西顶的生活已开始与山外更现代的气息，对接对流，共生共享。

来来去去，我们，终是客。

生活却落地生根，生着活着。"生"在生活于其中的人家中，"活"在有人家居守的土地上。

留好于西顶。乡亲们好，西顶才是好。就如千万个，乡亲们还在耕种着生活的，东南西北，顶、崖、沟、洼……

（选自《大湾》2020年第2期）

父亲的大地

_贾文华

"到祖国最需要的地方去!"是父亲在地质学院的志愿书上,签下的青春誓言。从此,他的春夏秋冬,就由这十个字构建。

翻穿羊皮袄、反戴狗皮帽子,肩扛测量仪的父亲,只身踏上茫茫荒原。他将那十个震撼心灵的字眼,镌刻在第一对竖起的测杆上,亲手插上白雪皑皑的山巅。每一步,都是铿锵诺言。千里冰封,万里雪飘的北疆长卷,依次汇入心田,绵延"高吟肺腑走风雷"的壮丽诗篇。

春到蘑菇山,父亲用特制罗盘,沿至高点探寻远古风烟。他的耳畔卷过长毛犀雄浑的飓风,他的眼帘浮现古墓群规矩的方圆,他的血管蜿蜒木图那亚河的旷达;他的灵魂深处,沉淀默默无言的远天。在三棵树遗址,他拾起一枚陶片,聆听内里海一样的喧响,指南针吻合隐约向北的中轴线,一个意象混沌初开,顷刻自脑海浮现……

仲夏的达赉湖畔,父亲跨着枣红色骏马,以追风赶月的情怀,踏响豪迈。他测试露珠的慧眼,他丈量草叶的阑珊,他绘制晨晖的图案。他将夜与昼的足迹,填入鹅卵石的缝隙,身板与彼岸矗立成北方大湖的坐标点。原生态的蒙古包,变成家园的千里眼;勒勒车的辙迹,化身环湖的花边。

秋光莅临北露天,红白房子附近牛粪火的炊烟,拨动父亲凝思已久的心弦。老社宅边缘裸露的石炭群,使他如获至宝。地质锤的音色沿周边扩展,由弱变强,由寒转暖。纵观琥珀形纹路,结合夜以继日的勘探,终于应验他在陶片上的预言:"原始地貌曾以分块式裂变,陆续完成华丽演变。南疏北丰的态势,依次呈现石炭之丰满……向北,向北!拓展,拓展!"伴随开发大军的涌现,满载太阳石的火车皮游弋在十里莽原。

办公大楼落成于新局址之夜,父亲将装满测量日志、创业档案、集报样刊等珍贵文献的四大麻袋，依依不舍贴上标签。仓房的四个角落，储藏沉甸甸的挂牵。伫立于空荡荡的屋檐下，他仿佛聆听四面八方涌来的呼唤，眼帘再现"大漠孤烟直"的广袤画面……

当冬的凄寒，沿雨雪风霜渐行渐远；当花的原野，随时光变幻愈加斑斓。滚滚乌金，终于成就北疆煤城的品牌。父亲用毕生挚爱，向祖国递交了一份属于他的大地答卷。

（选自《文艺报》2020 年 5 月 11 日）

辑三　起伏的音阶

家居资江河畔

_皇泯

月明楼的月亮，格外的明朗

偶然回到故乡，一曲陌生了的花鼓调，响醒了儿时的咿啊呀子哟……

满妹姐啵？三伢子哪！

长麻线短麻线搓拢来的话题，缠绕了三箩筐。

于是，月明楼的月亮，格外的明朗，老实宫庙的菩萨，特别的灵。

人和巷子，再也不七弯八拐。

不小心说漏了嘴，那一年春节八伢姐偷的腊排骨，如今还啃得出鲜味来。

家的方向，在东边

石马头，有了栈道，可以跑马，摆的船，成为风景的点缀。

艄公喝喜酒去了，船篙拴住的渡船，左摇右摆着摆渡的时光，好似一个酒兴正浓的模样。

男欢女爱踏春而来，不走左边的阳光道，偏好右边的独木桥。

茂盛的青草，掩盖了回家的路，两对脚印，穿了别人的袜子套自己的鞋。

一不小心，被鞋带绊倒，才想起家的方向，在东边。

（选自《剑南文学》2020 年第 3 期）

走访岳麓书院

_王志清

走进岳麓书院。一步便解我半世乡愁。

我是回家吗？我是想体验精神回家的感觉呵。

冒着妍妍秋色，冒着霏霏秋雨，我急匆匆地走来，脸上掩饰不住尘嚣垢深的疲惫。

寻来书院，我是来感受"一时舆马之众，饮池水立涸"的讲学盛况。可是，却一点也想象不出"请业问难至千余人"的情境。

只有书院大门上那副对联"惟楚有材，于斯为盛"，在告诉我书院值得炫耀的昔日。

网上的帖子里说那些"超级男声"与"超级女声"都来过，站上了朱熹们才配站上去的讲坛。

我不想讨论谁才有资格站此讲坛；也不想考证所讲应该是些什么学问；更不敢说讲演策划初衷里是否另有企图。

呵，我只是害怕，害怕岳麓书院也浮躁起来，让浮躁之人炮制成为俗入俗出的浮躁。

那我将无去处，我将无可归之家。

我走进岳麓书院，走进仿佛可以许愿的祠庙。

但愿不要应验世人的忧心：盛极过后难以为继。

我细致辨认着二门过厅的对联："地接衡湘，大泽深山龙虎气；学宗邹鲁，礼门义路圣贤心。"

我许什么愿呢？在什么都可以被热炒而异化的当下。

我选定以书院主讲台为摄影背景，身后是朱熹题写的"整齐严肃"的遒劲大字。

但愿：我自整齐，我自严肃。

呵呵，我要回家。

（选自《扬子晚报》2020年5月25日）

心的呼唤

_王元

一

原谅我，我总是在该出场时选择缺席，该拥抱时选择放弃，该承担时选择逃离，负了青春负了卿。多少个不眠的夜晚，日子椎心地痛，多想化作一溜青烟升空而去，远离红尘，远离喧嚣。

没有人能够理解孤寂落寞多么痛苦，如同断了线的风筝四处飘摇，离了群的小鸟跌落深渊，呼天抢地毫无回应。常想起过去美好时光，多么渴望永远留住昨天，哪怕是一种残缺的美，可恨时光一去不复返。

人生最痛苦的是面临两难的选择，鱼和熊掌不能兼得。什么时候自己变得贪得无厌？以前的谦谦君子不知什么时候消失了踪影。回望来路，早已变得面目全非，自己都认不出自己，甚至连岁月也变得模糊不清。

二

很多事情没有想象的美好，梦想总是美丽的，充满罗曼蒂克；现实总是残酷的，布满荆棘丛林。谁不想一生能够阳光普照，风和日丽，前程似锦？事实上，许多人命运多舛，所走的路并非情愿，常常随遇而安。

怀旧往往也很美好，因为时过境迁，远离了是非，消除了威胁，减少了痛苦，回想起来就会有一种朦胧的意境、缥缈的美，自然就觉得很值得怀念，就像那满地落叶，看上去有一种悲壮的美。

失去的东西更让人倍感珍惜，拿到手上的东西就会觉得不过如此，不会全身心去呵护。许多人就那么不可思议，没有得到的东西垂涎三尺，挖空心思，不择手段获取。待到失去了才痛心疾首，悔不该当初。正所谓人心不足蛇吞象。

（选自《大沽河》2020年12月）

小巷

_莫独

旧情深重。陷落的人,一前一后,被深秋的几串苞谷、几簇花儿,一程程地牵引。

蹄声嘚嘚。贪念的时光,亦步亦趋,沿古老的青石路,从岁月的面板上,步步深入。

一段零落的喧哗,嘈杂、琐碎、仓促,在路口一晃而过。

那堆柴火,隐伏着火。

几缕心思,迁就古巷,拐弯抹角,隐忍而曲折。

镜头兴奋、激昂。你和你的美,恬静,安详,不动声色,和半鳞斜阳,一寸光阴,在石堆上落座。

西山,抬头可望。弦子声追踪而至。下一个路口,是历史的第几道岔口?

小,且深邃,墙壁暗黄。恋旧的人走出来,又返回,在断墙下那棚肆意蔓延的瓜藤前,踯躅、流连、忘返,不顾前后……

(选自《星星·散文诗》2020年第1期)

光荣的滩涂（选章）

_刘慧娟

二

浪花在跳跃，海岸在舞蹈。

这是南黄海的滩涂，是一幅中国画。

天然无雕饰的风景中，镶嵌着岁月的红，生活的花，日子的静。

黑嘴鸥、黑琵鹭记着绕床的竹马。东方白鹳、勺嘴鹬的歌声里悬挂着儿时的青梅。

往事不断流淌，青春逐渐长高，岁月的一双小虎牙，长出了滩涂最明媚的春光。

一个用热爱写出的背影，被大海烘托得越来越高。思念，也跟着大海澎湃。

为此，大海昼夜明亮。滩涂长久光荣。

白鹭追随着他，波浪欢呼着他，鱼儿围着他，大米草缠绕他。

唯有大地，因为他爱的辐射，更加深沉温暖。提醒着潮汐，小心翼翼，以免潮水覆盖他跋涉的足印。担心海水的盐渍，侵蚀他遒劲的笔迹。

他的剪影，不断地向远方重叠排列。大海仿佛时刻都可以触摸到他内心的光芒。

滩涂，滩涂。

风浪中出示爱的密码，生命的光荣。

这让尘世昼夜感动的滩涂，在南黄海的胸膛里，挥洒着爱的豪迈。

朝霞垒砌着预言，丹顶鹤采集晨露，植物倾出爱的汁液，共同培植信仰的坚定。

幸福在海草丛蔓延，思考，紧跟海岸线延伸——

即使他的轮廓，远在天边，此时。已经证明爱，足够丰腴。

（选自《青海湖》2020 年 1 月第 1 期）

在故乡留根

_杨永可

在粤东海丰有个小村庄叫舱舢。这是生养我的故土。在这里，曾留下我脐带缠绾着的啼哭。

在这个小村庄，我深深扎下乡恋之根，牢牢扎下乡愁之根。

人如鸟，可以来去飞寻栖巢。乡恋和乡愁之根，不因迁徙而改变扎植之土。深情似水，思恋萦梦。年年岁岁，经久弥新。

恰似故乡的糯米酒，醇馨浓烈，啜一口，游子心海情潮，就像沧海的叠叠雪浪，奔涌不息。

故乡地处冲积平原，土地肥沃，盛产殊优的稻薯瓜蔬，名驰遐迩。对故土的珍产，我特别贪馋嗜爱。

还有那些因地制宜，蕴蓄着风土人情、民风俚俗的小食，尤令我刮目相看，念念不忘。

亩的劳作，艰辛劳累。赤日炎炎，雷雨滂沱，仍须经犁纬锄。憩息成了一个奢侈的词儿。

甚至，满笠日色，一蓑烟雨，都璀璨着诗情画意，时时探出绿茵茵的脑袋，荡漾着深深的梨窝。

叠叠胼胝，汩汩汗水，成了生存和繁衍的底蕴。

有幸重返故乡，正当红了夭桃、绿了芳郊时节。我好好放松情绪，自由自在，进入故乡新奇的意境中。

沿着阳光导引的思绪，我在寻觅着依恋故土的缱绻乡梦中，闻到的一种钟爱之泥香。站在故乡的田径上，我听到稼穑肺腑的衷语。犁刀翻起的泥浪，覆盖了广阔的田野。

故乡啊，愿大千倾一掬泥沙，倾入村边的石缝，我要沾雨露长成一株小草，不想争天地的胜概，无意夺山川的奇观，只求为故土增添一缕绿色。或者把我当作一根秧苗，插入故土的垄亩，我要为故土长成一茎饱硕的金穗，为故乡的富庶增添绵力。

我虽然成为羁旅他乡的游子，但我始终是故乡顶天立地的男子汉，不负故乡厚生老茧的养育之恩。

我把父老乡亲，仰望成心中的岱岳，永远崔嵬着海拔。他们脸上晶莹的汗珠，犹如天上灿烂的星辰。我对故乡执着的思念和守望，翻卷成金黄的稻浪。故乡，请留住我思恋之情，留住我乡愁之根。从永远之起始，径向永远的永远。

（选自《东岸》2020 年 7 月）

老酒醉经年

_鲁本胜

这盏老酒，像琥珀，像故事中的琼浆玉液，盛开着，花样年华。
再或者，就是梦；在时光中，赏月，听风。

打开记忆，便能看见，那些呢喃着的小分子，一个个亮着，呼扇着小翅膀，饱满，鲜艳。
一种前所未有的质感，成了心底的温热，与美……

这样的氛围,这样的焦香,在他的世界中,是万籁俱寂,是天地隐秘。
太多的回忆啊,化为今日,觥筹交错的笑语……

古城门老酒,漫长的岑寂之后,是天地中,青史里,骨子里,让人心醉的,精神的火焰,呼啦啦地燃着……

（选自《青海湖》2020 年第 3 期）

宽恕

_花盛

近处的蚁群,远处的辽阔,构成高原的一个隐喻。
我们是隐喻的一部分,在低处以自己的方式打开现实的故乡与心灵的远方。
母亲说,故乡的桃花、杏花、梨花都开了,但却夭折于一场大雪。
雪消融后的土地上,厚厚的花瓣,像粉碎了的梦。

冰凉的夜晚,风孤独地吹,一日千里,也难以抵达故乡深处。
窗外的迎春花,被霓虹灯照亮,静默如雪。
在此之外,夜色漆黑而沉默,如一条河流,在时光里逆行。
我们的脚印,深浅不一,像故乡一声声叹息,淹没遍地的创伤。

当黎明抵达后,我们一遍遍擦拭错乱的日子,归位秩序。
当破土而出的青稞覆盖荒芜的土地,我们又一次窥见轻浮的云层,缓慢越过。

那一刻，我宽恕了自己，也宽恕了蚁群般紊乱的抒写。

（选自《散文诗》青年版 2020 年第 8 期）

沙湖之恋

_谭词发

一半是黄沙积淀的厚爱，闪耀着金色的年华。

一半是碧湖荡漾的柔情，怀揣着锦绣的青春。

沙与湖，这天造地设的一对，让多少来到沙湖的人自愧不如？

打开沙湖的正确方式，是把自己安放在沙湖，或者把沙湖安放在心中，让早晨或黄昏都有美好的背景，让温暖的阳光一寸一寸地靠近，

照见内心的细腻与柔软。照见另一个自己。

走得太累的人需要停下脚步，沙湖是一片疗伤的药。绵延的黄沙足够填补空虚，清澈的湖水足够润泽心境。夕阳下的驼队是一道修复情感的风景。

穿越岁月的丝绸古道足够我揣摩上千年。

在沙湖，"一盘散沙"也能雕成理想的样子，让路过沙湖的人都知道，每一粒沙子都富有鲜活的生命。在这里，每一个湖泊都有慈悲的情怀，每一朵荷花都藏着一个轮回的梦。

面对沙湖，我有万千感慨，带着百鸟飞翔的颂词。

（选自《大风》2020 年夏季号）

栖息与膜拜

_陈泗伟

倚杖柴门外,临风听暮蝉。千年之后,王维千古绝唱,依然久久在心谷回响。人到暮年,在来与往、生与亡之中,自当悄悄寻找灵魂栖息地,为灵魂摆渡。

当传承的胎记难以磨灭,当敬畏和梦想依然萦绕心头,在不忘初心使命的当前,于是膜拜的情愫更占理想上风!在新的时代,当纯真将我牵回淳淳故土,当绚丽再点缀多彩人生,于是猛然顿悟,"寒山转苍翠,秋水日潺湲",家乡连接华夏山川,原来才是灵魂归宿!

人生无常,皆有因缘,铅华洗尽,更见生命的纯粹和高贵,更祈望众生平等。于是,在如何构建人类命运共同体、如何和谐共生于自然中,我仍然在守望中回首苍穹,在膜拜中顶礼苍茫……

(选自《汕尾日报》2020年2月16日)

巡水记

_海叶

天旱了很久。离村庄几十里外的水库，才开始调水救旱。田里的禾苗没水灌浆，都一副蔫蔫的模样。

终于轮到我们村接水了。瘦高的队长，把集合的口哨吹得呼啦呼啦响。

全村男女老少百十号人，散布在几十里长的水渠边。从晚上七点开始，将巡护到后天上午的十一点。夜晚漆黑一片，马灯和手电筒组成的长龙，在窄小的水渠上蜿蜒着，蜿蜒着……

母亲还卧病在床，十三岁的我也夹杂在这支队伍里。我的身高刚及自带的锄头柄。全村的劳力每三人分成一组，我则由经验丰富的庆福叔带着。庆福叔说巡水很简单的：一是防止水渠决堤，一是阻拦沿途的村民在水贵如油时来偷截。

流经两个乡镇的水，终于淌进了彭家坳。站在村口接水的老人，敲着锣鼓，仿佛在迎接一个盛大的节日。小孩则赤条着身子，在哗哗的水声里打闹。

在守水的四十个小时里，大家都自带了干粮。我肚子饿得实在难受时，趁着夜色的遮掩，去邻村的瓜地里摸了四根黄瓜，和一个尚未熟透的西瓜（西瓜还是三人一起分享的）。

其实，我知道比自己还饥渴的，是村里的稻田和池塘。经过一番畅快的灌溉，一垄一垄的稻田，终于亮汪汪了；池塘里的鱼儿，也在新蓄进的水里欢腾着。

陆陆续续回村的巡水人，一沾着木床就呼呼地进入了梦乡。

我没有急着补睡。我来到屋前的池塘里，打上一盆水，先替母亲好好地擦一把脸。

（选自《散文诗世界》2020 年第 2 期）

无怨

_陈其旭

和着你的拍子,我在春风中轻呼:春天的使者,你的歌声比天籁动听,你的笑靥比玫瑰鲜艳。

每次遇见,你的天籁和笑靥,都是我百般珍藏的礼物,连梦中都不例外。

在春夏的竹林中,野花绽放的山坡上,水光潋滟的小溪旁,都曾留下我们的欢笑声。到了秋天,你却迟疑地来到我的果园,望着熟透的果子出神。

啊!这些本来就属于你的果子,木讷的我,怎么让它空挂枝头呢?

此时,以秋实回报你,是否显得太迟?

看着我的顿悟,你不作声,灿烂的笑容洋溢着从未见过的满足。

(选自《大沽河》2020年12月)

大王树

_ 张敏华

就这么枯,枯死了。它还是大,大王树吗?
雨水顺着树皮往下淌,像流逝的时间,没有停顿。
二十多年后,当我再次踏上古道寻访。大王树,见证了我的执着和衰老。

"佑护来自一块块树皮?"一次次人为的肆虐——伤疤,像腰上的蛇疮。
这是西天目山的原始森林,除了雨声,还藏着诡异的空寂——

哦,像我父亲的大王树,曾离我最近,但最终远离。
我习惯在一棵树前弯下腰,显出原形。

(选自《星星·散文诗》2020年第9期)

对一棵树的心语

_刘俊科

  我就站在你的面前，看你一百年的沧桑。一些枯萎的岁月，在你的骨架上已经钙化。百年之前，那个植树的人，是否沿着你的方向，远去他方——而你的方向，是叶子仰望天空，还是根扎向土壤？

  一百年之间，有多少闪电劈在你的身上，让你结下这厚厚的痂。你犹如此，我何以堪？这样说，我的心跳感应到你的微笑。我不知道，你一百年的心事有多重，你努力挺拔的姿态，横下来就是一头拓荒的牛，只是你够不到那一片片的白云，这真的成就了你一百年的梦想吗？

  我就站在你的面前，站在一百年前。仰面看天空，俯首看大地，你我都在天地间。

（选自《青海湖》2020 年第 3 期）

香彩雀

_王国华

　　天上的鸟儿没有彩色的。已经长大的它们，知道黑灰白足矣。太艳丽，容易挨枪子，或者弹弓。人类的武器多着呢，突破底线的话，可以拿大炮轰。其他天敌的招数也无穷无尽。实在爱美，可以躲到山里去，毛鲜羽艳，和周围的花花草草混在一起，以假乱真，保全性命。城里的鸟儿，飞不远，又爱美，就落在地上，成了香彩雀。

　　深南大道的隔离带中，站着一片香彩雀。茎一拇指粗，直立，约半米高，摸上去毛茸茸的，稍有黏性。叶片窄而长。六片花瓣围成一朵小花，中间凹进去，像一个微型山洞。一朵一朵绕枝而生，远望如花秆一根。旁边还有白色的、米粒儿大小的花苞，向着已开的紫色小花奔跑。

　　名为香彩雀，却无雀鸟之形。获此命名，它们被赋予了灵气，一枝一叶都显示随时可以生出翅膀，一飞冲天。

　　但它们现在是花，确定无疑的花，需要雨水，阳光和泥土。这样，它们才能保住身上的彩色，不被神剥下，拿走。爱美的动物，根须紧紧捏住土地，仿佛激流中抓住稻草的溺水者。

　　深夜时分，出租车停在路边休息，小区的灯一盏一盏熄灭。路灯变暗。它们集体脱离地面，悄然飞向天空，展开翅膀，慢悠悠地翱翔。好亲切啊。那是它们的出生之地，亲人都在那里。身上的彩色被黑夜遮住，这已不重要。亲人们，那些身披灰黑白的鸟儿，爱怜地在它们身边默默绕飞。

　　半夜走在路上的你，一抬头，看见满天的花和鸟。

（选自《芒种》2020 年第 4 期）

给两只鸟命名

_徐澄泉

两只鸟。

一左一右两只鸟,并排躺在屋门外。不知从何而来,不知姓甚名谁。

门上的玻璃,透明,反射两只鸟玲珑的身躯,华丽的羽衣。

窗上的玻璃,光亮,照亮两只鸟小巧的嘴唇:一只殷红,诉说悲情;一只半翕,欲语还休。

或许,最先飞来的那只,是为寻找光明和温暖?他去玻璃的深处,探寻光和热的源头。冒险一跃,头破血流!

或许,尾随而来的这只,是为寻找爱情或死亡?她去玻璃的反面,找回爱人和爱情。勇敢一闯,头破血流!

面对两只罹难的小鸟,我深鞠一躬。我罪过,我悔恨!是我一手导演了这场爱情的悲剧。我无意间开着小屋的灯光,关门而且闭户,误导了两艘驶向爱琴海的小船触礁撞滩,致使自然世界,生物圈内,又多了一种鸟的命名——

姑且称之:相思鸟!

(选自《星星·散文诗》2020年第5期)

戈壁滩

_敬笃

一万座大山，一棵树，在茫茫戈壁滩上，写就关于梦想的童话。

地平线与云相接，孤独的电线杆，张开网，容纳一切风雨雷电。

广袤的土地上，沙石腾飞，弥漫在空气中，还好周遭没有人的踪影。

一条满是泥沙的河流，不规则地流动着，像一条蛇扭动着身子，消失在视线之内。

几座集中的风力发电机，和荷兰风车无异，它们的地标作用，凸显无疑。

西部世界，人迹罕至，流落在时间里的沙棘，用顽强的生命力对抗死亡，虽然卑微，但是坚毅。

我站在戈壁滩上，分不清位置，看不清前路。此刻，渺小的我，再也不奢求阔大。

(选自《天山时报·天山散文诗月刊》2020年第4期)

父亲

_栾纪曾

父亲一直坐在我身边，看日月星斗，风云雨雪，车流人浪，方块字和天地万物，被电脑键盘敲击成千变万化的影像。

我看到他的心境在眼角的笑纹里流动，但不说一句话。

小时候，母亲对我说，父亲像村后小河上的大石桥，一年到头，忧心忡忡地望着天空。白天，怕太阳掉进河里。夜间，怕月亮掉进河里。从不问，那么多白天和黑夜，祖祖辈辈的心事被河水带到了什么地方。

母亲还说，父亲的表情像河边那片庄稼地，天天望着天上的云彩，听南来北往的风与时序互相抱怨。回到家，喜欢坐在大门外的老槐树下，看槐花开满五月，或数着渐渐变黄的叶子，飘落下秋天里一年比一年多的烦恼。

有时，父亲会将太阳笑得暗淡无光。笑纹里，在白雪下流淌着养育我长大和等待我回乡的日子。

看着父亲的笑纹，我常常想走进去，寻找自己的来路和被里面的汗水浸透的诗行的源头，以及村庄和庄稼的梦境。却都是很深很深的河，一朵浪就把我淹没。

晚饭的香味飘出来了。我关上电脑，父亲忽然说，你敲打那些字码的声音，像小雨落在高粱的叶子上。

（选自《大沽河》2020年春季号）

莱州湾，流动的沙

_ 丛林嘟嘟

涛声依旧，不用说话。
一枝玫瑰可以传递 N 种情愫。
我们只需将一个故事代入，开始讲述另一个故事。
当海浪涌来，我不掩饰每一个张开的毛孔，如何纤细地爱着碧蓝的海水。

金色阳光下，无数朵细碎的浪花绽放在蓝色海湾。
一朵两朵三朵……
仰望天空，每一朵白云都携带着一个未知的你。数不清的你，正踩着云朵还是踏浪而来？

贴近莱州湾，倾听海水与天空的寂静。
偌大的海湾，月色填满空隙。
轻轻走向你，海与天无限接近。
我期待的琼浆，不在瑶池。那一滴鲜露，早已幻化成大海的一滴眼泪，流过小小的心尖尖。

颤动的音符，不眠不休，永无止境，漫过这一片蓝色水域。
漫过每一寸肌肤，轻柔曼妙，无数朵快乐的浪花在体内涌起……尖叫飘向头顶的云朵，喘不过气的窒息感，一浪高过一浪的海水撞击着礁石。
莱州湾，那一片流动的沙，覆盖了青春所有的故事。

潮起，又潮落。

玫瑰之夜，惬意的沙滩上，小号如海水漫过心弦，流淌着诗意。一丝不易察觉的忧伤，渐渐消散在海面。

倦鸟飞回，栖息在你的沙地……

（选自《诗人》2020年第2期）

塔高寺

_任俊国

一座山消失后。

一座山一样的寺庙矗立起来。

修建塔高寺的所有石料都未加雕刻和修饰，每一个攀爬者都是雕刻者和打磨者。

多次行走吴哥的经验告诉我，这几块石头应该雕刻成石狮，那几块石头应雕刻成飞天仙女，左边应该雕有上天入地的哈努曼，右边应该雕有毗湿奴。那堵石墙上应该有一部《罗摩衍那》或《摩诃婆罗多》浮雕。

不知道什么原因，工匠和工艺缺失了。

但时间从不缺位，每一个棱角都是美的原点和出发点。

辽阔，以一块石头的粗粝方式打开。

（选自《大沽河》2020年第2期）

菊花酒

_阿垅

    让花朵在隆冬时节开放一次，我想表达出口渴的愿望。
    茶杯也是玻璃透明的，这样就能看到往事。
    水是刚烧开的，茶是晾干的菊花，慢慢沉下去最早打开的那朵，送出了香气。

    和祖母当年插在发髻上的那一朵多么相似，都适合配一首唐诗或一阕宋词。
    积雪驻足窗前。这让我回想起烛台下晃动的身影，穿着紧身花袄、裹脚的少女，刚学会用花瓣制酒。
    当最初的一滴酒水成形，她微微张开的嘴唇显得愈发粉嫩惊艳。

    而如今，南征北战的疆场不复存在。十里长亭的相望，依旧儿女情长。
    浓郁的茶水呈现出另一个金黄的秋天。
    由一对新婚离别的人儿，再次擦亮的酒杯：
    一杯叫一夜情深，
    另一杯叫携手白老。

（选自《散文诗》2020年第3期）

诺日朗瀑布

_ 雁歌

一滴水从千年的雪山之巅醒来，一边问路，一边歌唱。

林海沟壑，铺开高低起伏的节奏。

远古的宫商角徵羽一路流淌。海子是跳跃的音符，村落是短暂的舒缓。

从村落出来，这滴水开始温暖，开始澄澈。

歌声，变得纯净。

从第二个村落出来，遇到了镜湖。从第三个村落出来，遇到了五彩池……从第九个村落出来时，天空升起九道彩虹。

这时，我们听到了音乐的高潮。

这挂满绝壁的森林交响乐，纯粹是一个男神的狂飙——雄浑而伟岸。

是的，飞溅的水花是铿锵的鼓点。群山是幕布，九寨是舞台，树正沟、日则沟、则查洼沟是Y形支架，一滴水是忠实的歌者。

欣赏水的表演，最好保持一定的距离，才不至于被排山倒海的韵律涡卷和吞噬。

人们在舞台之外或绝壁之下，依次簇拥，竞相攒动。

一朵晶亮的水花，散落在姑娘的秀发上。

这是最近的距离，可以洞穿一滴水的前世今生。

回味水的故事或成为水花的历程，我们才发现，源于雪山的这滴水，老家本是大海。曾在一座城市的上空和下水道流浪过，在即将消逝的乡村屋檐下叹息过，在金盆洗手的指尖滑落过。

好一滴红尘之水，竟点亮全世界的眼球！

只是，面对水，面对诺日朗瀑布，我常常面红耳赤。

因为，这么多年来，我始终无法摈弃心中的杂质。

（选自《星星·散文诗》2020年第7期）

海沙

_周文兴

每一粒沙,都是大海洗涤出来的灵魂。

每一粒沙,都有一双雪亮的眼睛。

柔软,缘于对俗人的疼爱,它们心坚如铁。

不要想着污染它们,它们像我乡亲守着村庄般,干干净净地守着大海,守着头顶上的蓝天白云。

它们的心事,在阳光下洁白无瑕。

(选自《湛江科技报》南国散文诗2020年9月7日)

仙人掌

_向天笑

在我的面前你是浑身带着尖刺的仙人掌,让人望而生畏,从不敢轻易走近你的身旁。

你耐得住长久的饥渴，哪怕身边是一片荒漠，也能独自生存。你默默无闻地生长，哪怕干脆休眠，也从不怨声载道。你柔弱的内心，把自己打造得极为坚强。

　　一点点雨水的滋润，就能让你快速苏醒，根根须须都会活跃起来，甚至悄悄生出新根。你恨不得把雨水全部装入自己囊中，用它抵抗日后长久的干旱。

　　雨季来临，你的花季也就到来了。你的外表奇形怪状，你的容颜苍老不堪，但一旦敞开自己的怀抱，绽开的花朵娇艳异常，流苏般的花穗楚楚动人。

　　我惊喜地看到，平常极为冷漠的你，外表极为冷艳的你，也有着如此炽烈的绽放。看你顾盼生辉，闻你芳香飘溢。柔美的身姿，在月光下翩翩起舞，将珍藏了多年的感情尽情地释放，留给我的是你一生最灿烂的时光。

　　只是我始终不愿把你据为己有，也不敢把你据为己有。在我的内心深处，你的高洁与美丽，永远都不会转瞬即逝。

　　你从不敢把自己当作花朵，从不敢祈求上天给予你更多的眷顾。你把自己的孤独与寂寞，变作一种高傲的姿态，出现在世人的面前。除了我，还有谁明白你内心的酸楚？

　　带刺的仙人掌啊，当不怕荆棘的人，剥开你坚硬的外壳，里面竟然是那般光滑、细腻、鲜嫩，仿佛打开饱满的花苞，带露的花蕊水灵灵的，如同泪光闪动，触目惊心的美让人垂涎欲滴。

　　假如上帝给我足够的时光，我将守候着你再花开一季，把你凋谢的花瓣当作你的嘴唇来收藏，让她日夜吻我为你耗尽一生心血的吟唱……

（选自《遵义晚报》2020年6月7日）

甘家湖笔记（选章）

_如风

五

奎屯河、四棵树河、古尔图河，三条河流在此汇合，它们诞生了一个动听的名字——艾比湖。

木特塔尔沙漠腹地，茂密的胡杨林恣意生长。四棵树河在沙漠中穿行，夕照把胡杨的千奇百怪的身姿倒映在荒野中，像神奇的甲骨文。

也像大地给予天空的神秘昭示。

七

沙。

沉寂万年。

只因风，动用苍穹。

一粒沙，就是一座山的尘心。

一粒沙，就是一个婆娑世界。

千千万万粒沙，就是众生。

它们选择抱团而居。它们习惯了顺着风，迁徙。

八

芦苇顺着风的方向转身。

身后，旷野无边，往事无痕。

它把给天空写的信，托付给了银白色的芦花。

这封信，一写，就是一生。

于虚设中，认真爱。

十

白露之后，天空更空，远方更远。

秋意在清晨的草尖溢出，在胡杨树树梢间清寒的月牙儿溢出。

阿尔泰山里的牧民就要开始转场，白桦树以最辉煌最灿烂的姿态，向季节告别。

牧道上的羊群，将让寂静的山野沸腾起来。

万物开始合唱。

而甘家湖，任季节变换，兀自纹丝不动。

十一

村庄撒在红柳丛中，撒在胡杨树下。

这些村庄其实就是一丛把根扎在沙漠里的铃铛刺。

和骆驼、胡杨一样，只是一个偶然的存在。

风从挤骆驼奶的哈萨克女人身边经过，也是偶然。

只有寂静永恒。

（选自《星星·散文诗》2020 年第 4 期）

醉美华南植物园

_曾新友

　　一片青翠，一股幽香，一路有知名和不知名的鲜花点缀其间。
　　走入五千亩的广州的华南植物园，情绪被眼前活力的气息调动起来，顿时感觉神清气爽。
　　香樟、梧桐、棕榈，以一种耸立的姿态屹立在山岗。
　　紫荆、山茶、杜鹃，以一种个性的鲜艳给季节披上时装。
　　稀有的黄花梨、见血封喉，让看客观赏一种稀奇的场面。
　　柳树、兰花、睡莲，用叶片柔韧着一种时尚。
　　湖泊以一种优雅向蓝天白云交谈。
　　——进入眼帘、深入脑海的是永葆青春的千古绝唱。
　　湖与树的延绵，犹如风姑娘抖起的锦缎，舒展着绿的震撼，绿的遐想。这南方的"绿宝石"美誉，成为多少人心驰神往的生态示范"特区"。
　　水鸟拨动湖面的琴弦，游鱼"戏撩"湖里的云朵，游人的心向喜悦"冲浪"，触动脑海的畅想，牵扯羡慕的目光。
　　我急于用眼睛概括这植物园的全貌，总觉她精致而典雅。树木的飘逸，飞鸟的翱翔，水纹的起伏，云彩的变幻，都是优美的舞蹈！
　　植物园的湖水用宽厚的内心包容云卷云舒，用辩证的态度迎送花开花落。

（选自《清远诗报》2020年10月）

问药

_ 张娜

早起的第一件事是找水，然后吃药。

如果有农人跟我讲田里的庄稼，我就和他讲药。

我的时间也是用药来计算的。

身后有一根鞭子打着哨音，头顶有把利剑正在倒悬。我的药和我一起，光着脚，同时间赛跑。

从塑料箔片上抠下最后一粒，一排排空洞像一班豁了牙的孩子，一齐放声大笑。它们，用笑声提醒生命的存在。

一支空下来的针剂是多么明亮！它盛满了三十个夜晚的星光。无论多么耀眼的钻石，都不及它的珍贵。

我不嫌弃药的苦，如同草不厌恶露的湿。在日头下晒脱了皮的人，从来不抱怨太阳。

我了解自己，所以从不回避问药。只是——

那一个心窄胸闷的人，为什么不肯承认自己病了？

(选自《散文诗世界》2020年第4期)

一颗小豆芽

_ 湖南锈才

岁月轻摇。

膀子村是一个安静的大摇篮。那时我是新的,鸟鸣是新的,村庄是新的。妈妈的笑脸,姑姑的亲抚,静静流淌的蒸水河,从大胡子伯伯胡子里掰出的故事,新植的农谚和村庄的俚语,都是我贪心的奶水。

阳光在山坡吃草,牛羊很乖,天空比童话里更蓝。

草坡很苍茫,父亲很悠闲。随手扯一朵飘过头顶的白云,就可覆盖整个村庄和爷爷的叹息。

(选自《北海日报》2020 年 5 月 21 日)

秋风起时一滴泪

_ 周伟

秋风起,稻子黄了,高粱红了,棉花白了,葡萄也紫了……

莼菜嫩了，莲藕美了，鲈鱼白了，蟹黄肥了……

秋天，五彩的缤纷，该美的美滋滋的，该熟的熟透了。秋风起，吹黄了叶，吹白了絮，吹瘦了枝，吹皱了秋水，也吹老了思念。

我喜欢风，喜欢一年一年的秋风起，喜欢秋风中的思念，喜欢秋风经过的田园和天空。

秋香到，谁传递了讯息？是风。树飘零，叶归根，谁承载了乡和愁？是风。荷含雨，梅凝雪，竹蕴节，风过水带笑。日影，旧伤，木躺椅，谁摇你到老？是风。月光，清梦，野花香，谁伴你入梦？是风。给风的语言，只给风，只有风会倾听。给风的爱，只给风，只有风才懂，一切如风。

你说，秋风是一个人干净的灵魂。我知道，风来了，夏日的烦闷也去了。是的，秋风来了，天也蓝了，云也清了。

你说，停住了秋风，就停住了一地金色。而你在我美好的世界里，如风，总在，一经流年，金色秋风，经过我平淡而又温暖的一生，大地黄好、静美和深邃，天空明净而又高远。

你说，秋风起，该添衣了……而你却在那个秋天里，走远了。我再也找不到你，看不到你的身影，听不到你在风中的叮嘱。我一个人走了出去，漫无目的地走在秋天的旷野上，我也不知道自己要走向何方。

又是一年秋风起，我看见前面不远处有一个老奶奶牵着小孙儿的手在荷塘边玩耍。荷塘里洒满了一地金色的光币，光斑在荷叶上闪闪烁烁，调皮地打着滚。小孙儿举着纸风车，迎风在阳光下跑来跑去，快乐无比。一喊一喊，风，说来就来了——风，在小孙儿的风车上疯跑，小孙儿笑了。

这会儿，我竟看见了你，看见了你的影子和风中你亲切熟悉的模样。你对我笑了笑，点了点头，就那样温暖而又美好地陪我在阳光下缓步走着。

阳光呢，也很听话，不声不响地跟着我，总在不远不近的地方，暖暖的，柔柔的，和煦，安详，纯净如一首童话。

我闻到了阳光的气息和味道，秋天的阳光有生命澄明的味道，秋天的大地像母亲的怀抱博大温暖，让人向往。秋，你就是我心中的一米阳光，我终于很难得地拥有了一平方英寸的寂静。我迷恋这样的时空，什么人也打扰不了我。

阳光下，一个人，我独自走着，漫无目的地走着。走累了，放慢一下脚步，或者闭上眼打坐一下，或者远眺一下天边。

好像走了很久，也好像就只一会儿，我看见——海棠独自开了，丹枫自己醉了，桂花自己香了，雏菊自己睡了，秋意自己也渐渐浓了。

此时，我想起奶奶那时不经意中说过的一句话——禾边无火，和心；秋下有心，愁呢。我长大了，后来知道，奶奶总是把她的痛藏在阳光下，把泪藏在心底。那些年月里，奶奶眺望田野，总是惦念着靠天讨吃的禾田，生怕干枯歉收。印象中，阳光下的奶奶，总是一脸阳光，看着我们一个个如风中的鸟儿长高长大。

秋风起、秋草黄，我已行走在远方，炊烟袅袅走散，心随大雁南飞，长天茫茫，四野云动。望故乡，执无言，一滴清泪，湿了清秋，染了草黄。

（选自《湖南日报》2020年9月11日）

菊女

_鲁橹

秋来以后，田家湖收拢流水，野菊花风铃一样喊醒沟沟坎坎。

田家湖的女人菊女，她有三间小舍，离小竹林近，青绿的竹叶总拽她的手。

屋前屋后的土堆子上，菊女正收齐秋天的阳光，它们黄灿灿的腰身，晶晶亮的眼神，它们抖抖擞擞的模样啊，把菊女的小舍照俊了。

近挨着菊的田土，此时棉已吐蕊，早花生进了谷仓，黄豆还在晨露中打听秋分的消息。

——日子总该是要来的，只是慢一点吧，作物们珍惜的时光，离泥土近，心才安宁。

菊女的小孩上了高中。爱人去了城里。她守着三口的农田，围着红砖青瓦的农舍，一日不歇地干着农活。

她的心里是亮堂的，有盼头的：当屋前屋后的菊抽出白蕊的时候，麻雀就该停留在她的屋坪,完全不顾她的驱赶,有时候累了,她就不赶了,她知道这些喂熟了的麻雀也知道饱足,也知道感恩——

如果不是这样,它们何以在清晨轻叩她的窗户,像喊着她的名字,当晨光洒在东边的屋檐上,它们齐刷刷地排成一溜站在电线上,叽叽喳喳地说着话,它们怕寂寞的菊花会忧伤。

菊女一刻不停地忙了:她去土里刨薯,红皮的薯躲在泥土的窝里,顽皮地缩着身子。菊女要不断弯腰,不断蹲跪,它们才肯露出头,像撒娇的孩子,滚了一身泥;她去巡视大片大片的棉花地,看那些留守的棉秆是否还有花朵献出;她在大麦地里轻轻唱起歌来,金黄的麦穗啊,就要把菊女的劳作呈现;那么不留余地去爱这片土地,这些乡村的好女人,刚硬时自当刚硬,柔软时那么柔软,这些善良和美丽的好女人,不离开泥土的好女人,她们就是农业的守护者,家园的守护神。

秋菊葳蕤。野菊花带着白色的斗笠成捆成捆挤满岳家湖,它们活泼泼唱歌,扭腰,它们喊上房前屋后的菊,它们喊上干农活的菊女——

菊女站在前头,她的眼前是辽阔的家乡,丰收的家园。

(选自《散文诗》2020年9月)

现在,我站在春风里

_曼畅

静下心来你会听见有风掠过的声音,曾有一朵旧云改变了风的方向,此时的雪还在高高的山顶,万物会在自身速度上获得感知。一些表象只停留在想象背后,水在云头上奔跑,它小小倒影,与水面的波纹一样深。

闻风而动的是一只小鸟，这形而上的歌唱者，越看越让人喜欢，尤其是它与春风之间，有着一些执意要开的花，我不虚构故事情节，树儿还是这样消瘦，那些执意要开的花就要尽情地邂逅了。

有几分浅淡的柳色，我喜欢用"浅淡"一词，比如微风轻暖，比如柳色初无，比如小鸟的叫声一寸一寸挤满时光。

(选自《湛江科技报》南国散文诗2020年8月10日)

马背上的海星星

_唐朝

骏马从远古而来，敲打过中原厚土的疼痛和困惑。

为了一个美丽的相约，马蹄匆匆，沿着黄河张望的方向……

都市霓虹，张大惊疑的眼睛：会有精致的情节发生？

好吧，序幕已经拉开，我是今夜的主角，我就是那狂野的骏马。

是佳话中的鲁豫之约——

从黄河到渤海，岁月是距离，激情是速度。莱州湾，热情好客，如期奉献出曾经收藏的流失光阴。

大海用激动的呼吸伴奏，生命中的温情，涤荡永远不老的灵魂；海水用乳汁的温度，滋润黄土的饥渴……

莱州湾，闪烁着当年的海星星，那么清晰，那么深情！

不需海市蜃楼，不要海鸥身影，交出我的全部，拥抱着海神的私语：奔跑吧！那颗美丽的海星星，已在马背上安身——方向是远方，未来是力量。

(选自《大河诗歌》2020春之卷)

黄河故道落日

_李志亮

少年的梦里，小村、断霞、寒鸦、黄沙。

苍鹰急切驾驶着火烧云，在六十万米长空孤影摇立，幽音露滴。是为生活打开一个缺口吗？门外老鸦啼鸣着杨树的叶子。风的嘴嚼着故道上茫茫的黄沙，是追梦千年的往事吗？

放羊的孩子甩开羊鞭，抖落了夕阳。羊群的叫声侵进了落日的隧道里。

残照中，仿佛藏有寄语吗？你说，你给我说，你尽情倾诉好么，落日。

（选自《郑州日报》副刊 2020 年 6 月 18 日）

古桥处

_弦河

你坐在桥上打坐，又像是桥上酣睡的古人。

这是我。你看见的我。

不见船来人往，而风景依然如画。

醒着时静谧，依稀传来鸟声。

停息时，脚下的泥土松动。喧闹的明代，那些懂得历史余温的人才能看见，一轮明月穿过桥廊。

敢问客人，是否备了香烛？

食这人间烟火。

（选自《星星·散文诗》2020 年第 7 期）

秋分

_ 陈茂慧

我才不相信：秋色将黑白分明。

白与黑对等。那么冷与暖是否对等？我明明就站在你的身边，占据着你的半壁江山呢！

可你偏偏左右摇摆，一指向天，指点流云；另一指遥控河水可倒流，亦可断流。你真可以随心所欲啊！

你错过了春天都无关紧要。此日，风和日丽，丹桂飘香；此日，我奉一径菊香靠近你，每一瓣都是你前世的姊妹。

我搬动秋色，仔细分辨：怎样恼人的秋风吹乱了心事？

我还是不相信：白昼与黑夜，并立、对等，平分秋色。

一只小甲虫爬上了四楼，抱紧自己。用多余的热情数秋风。

（选自《北海日报》2020 年 9 月 17 日）

苍鹰

_苏建平

它曾经何等地弱小。

恐怖的巨兽曾令它恐怖。它已不能在大地上猎到食物。于是它想起神许下的话：万物的花园里，凡物类均有一份特权。

为了能在天空行走，它去请求。

神满足了它的心意：给了它巨大而有力的翅膀。

神说："对战士而言，翅膀是梦想。"

苍鹰的梦想御风而行。它漫游天空，发现大地变小了，天空也更高了，而它依然饥肠辘辘。

它发现自己的爪子过于瘦小、无力。

想到一生可以两次向神祈求，它再度来到神的宫殿。

在赐给它利爪后，神说：

"对战士而言，利爪是长剑。"

但在离开前，神却警告说：

"对战士而言，敌人在自己的内心里。"

受命的苍鹰日夜思索着神的话语。它这样行动着，为了成为一个光荣的战士——

猎食神所许诺的食物，从不袭击桃李、玫瑰、夜莺和夏秋时节无限动听的浅吟低唱。

（选自《湛江科技报》南国散文诗2020年5月25日）

满秋

_潘新日

青柳传情，清瘦的水沿河而去。

枫叶染红山峦，那一片火，让今晚的鸟声成为小村修行的俚语。

炊烟飘逝时，祖母的头发白了，她的天空比灶膛还小。

柿子叶落光了，只剩下一树的红灯笼依然醒着，伴着天空翅膀的蓝发呆。

夜里，黄叶修成正果，枯草成了打坐的佛。

乡土路蜿蜒数里，一头连着城市，一头连着村庄，秋风萧瑟时，麦苗开始返青，稻草人舞动着彩旗，命里有鸟群光顾。

出门遇见邻家小妹，一身素衣，清理满院子的落叶。斑驳的木门前，开满了黄色的菊花。

她家过去是一个私塾，院内院外开满了鲜花，童声在花香里慢慢长大。

犹如那些树，像在罚站。

多年以后，它已是村庄的一隅，秋风吹来时，那些青竹如村里的老人，坚守着家园，梦里，有童年的时光在走，跌跌撞撞的莽撞，找不到出口。

乡下空了，那些孩子和老人是筑巢的鸟，一直到冬天。

都在等待，等待春天，等待团聚。

都说时光飞逝，岁月是流浪的风筝。土墙屹立，天涯遥不可及，跳跃的阳光挤进窗棂，任河水洗出清冽的日子，洗出薄秋的白。

本来是潮湿的，而乡愁成了期盼，总会期待节气里的肃宁，还有季风和沙尘暴，以弥补一下夏日的热烈，抚慰一下枯枝败叶的灵魂。

你喜欢春暖花开，面朝大海。

这里没有海，你的心就是海。小妹，你是花一样的女人，身上有小刺一样的冷傲。

你说，穿过那片树林时，正赶上满秋。

土地已翻过，还会长出庄稼和野花。

乡间小道蜿蜒数里，走过春天，走过夏天，村庄注定是秋天的落款。秋之后，会有一两场雪，便是童话般的世界，带着年和乡情。

满秋、满秋。下个季节更美。

（选自《中国自然资源报》2020年1月21日）

苍鹰飞过高空

_ 瑷瑛

深秋的高原。

叠峦起伏的山脉，静如处子。

高空里，一只雄劲的苍鹰瞪着一双犀锐的圆眼向下俯瞰。

苍鹰，扑棱着有力的双翅，那双铁钩一样坚硬的利爪在阳光的折射下彰显出坚韧不屈而充满挑战性的图腾。

风，掠过山峦，掠过河流。

与鹰的飞驰流速融为一体，使高空形成了一股强劲的风，欲将地面上的静物拔起。

日头，渐渐西沉。

苍鹰不甘心地在头顶上飞来飞去，巡回翱翔、游逛。

鹰击长空。此为真实写照。

落日了，天远了。

苍鹰也远去了。苍鹰，由近及远，再由大变小，渐渐模糊成为黄昏空中的一个标点。

（选自《诗人》2020年第2期）

养蜂人：紧追春的足音（选章）

_倪俊宇

一

坡岗是路。溪涧是路。榛丛也是路……
远离家园的炊烟篱花，远离乡亲的饭后笑谈，远离集市的五彩诱惑。
而那灯下儿女的娇语、灶前妻子的叮嘱，是越走越远了……

二

旷野的夜，厚重压人。几口浊酒，几句琼剧程途腔，浮起庭院晓岚夕光里的温馨细节。
唯拧一把湿漉漉的自语乡音，晾在沉默无言的蜂箱旁。
脚印渍满疲倦之后，星眼滤过思绪之后，一爿层叠岁月的篷布，温暖了一个清寂的梦。

四

坎坎坷坷的内涵，酸甜苦辣的细节，一片彩色斑斓，便是封底。
看清了花瓣的请帖、花蕊的笑意，听懂了蜜蜂欢快的歌声与心语。沿着他额头的深纹，你就能量出从苦到甜的距离。

他,丰满飞翔的信念,采撷七彩的日精月华,酿造着执着的期盼:要用一勺稠稠的春色,调浓三江五湖甘甜的生活。

(选自《散文诗年鉴选刊》2020年夏季号)

生活的信徒

_张雷

相信水滴的力量,可以期待百川汇海的壮阔,可以见证滴水穿石的执着。

深翻酥松的春泥,虔诚播种希望。幼苗的破土,庄稼的茁壮,春风化雨丰满着理想。

不辜负三月的春风,扬帆开启新的航程。梦想扎根的土地,就是心的家园,可以筑起爱的港湾。

春风用足够的柔情融化冰雪的酷冷。从山阻石拦到海阔天空,从萧索凋敝到欣欣向荣,信仰是冲破黎明前黑暗的塔灯。

挺直脊梁,迈开脚步,忠诚指引方向。向日葵花是心底不褪色的金黄,镰刀和锤头在披荆斩棘的征途里熠熠闪光。

我们都是生活的信徒,挥洒汗水浇灌破土的幼苗,除草捉虫呵护庄稼丰产丰收。

和耕牛一起在沃土田园奔走,和轰鸣的机器一起在工业基地筑梦,我们的心情在春风里愉悦,我们的脚步在春天里铿锵。

闻流水潺潺,听书声琅琅。观百花争妍,赏碧波荡漾。眼睛不会欺骗心灵,心灵需要美景滋养。

春花芬芳,秋月静美,做生活的忠实信徒。行进在春风浩荡的路上,不辜负春风,不虚掷每一寸时光。

(选自《贵州干部教育报》4版2020年3月15日第2期)

这风景我曾梦中见过

_彭云霞

雪山、青松、流沙河……璀璨而澄明——
这样的风景我曾梦中见过。
轻风拂过,花浪翻滚,走进油菜花海,仿佛走进一幅画卷中——
这样的风景我曾梦中见过。
白云悠悠,轻风徐徐,吹起一路紫苏花开,舒徐,静美——
这样的风景我曾梦中见过。
奔流的白色夏塔河,雄奇的木扎尔特冰川,远黛之下,薄雾之中,尽显苍茫俊雅——
这样的风景我曾梦中见过。
阅过草原的万般风情,尤迷恋夏塔之夜。那点点繁星,编织着春梦。风静静地吹,树沙沙地响——那是月光在跳圆舞曲。

(选自《散文诗世界》2020 年第 6 期)

大音希声宋代古琴

_紫薇

>厅中存放一瑶琴，此际无弦已断音。
>他日樵夫如若在，高山再度水声吟。
>
>　　　　　　　　　　——题记

一束"仲尼"英姿，一身"号钟"颜色，一个崇尚古琴时代成就了你。

冰弦已无踪影，七百岁月清音在此凝固。

几度春秋，你激荡过多少高山流水。推开想象门扉芬芳琴音欢跳跃出，高山之水顺着琴弦奔涌而下。水珠打湿了琴音，琴音荡漾开花。

开花琴音仿佛飘逸杨花情随梦飞，宛若透明的凤凰啼鸣声韵带香。目光被琴音牵着行走，打开弦上一轮明月。

从弦声出发，向琴心奔去，琴中山峰云卷云舒，弦上流水潮起潮落。攀爬你琴音意境，感知你情感温度，我似乎听出你的心语。

你有"号钟"颜色，一定传承着它的基因，期待重新奏响前朝一段音。

你在守候，守候古昔情意再传春秋。你在等待，等待知己目光重读岁月。

前朝曾经琴遇知音，今天可有知音遇琴？

瑶琴在此，子期何在？

（选自《诗人》2020年第2期）

行走的故乡

_韩冰

　　暮秋的阳光温馨而又热烈,晃着炫目的镜子,漫不经心地把跌宕的山峦和村落一下就放进了我们的怀里。我们沿着六百年前的足迹来了,没有精心的施惠,没有蜿蜒的点缀,高举的旗帜成了王家汕肩颈上的红围巾。

　　刚转过山冲,它便花开两枝,把另一条相依的石径扭上了远山。

　　穿过深浅不一的隧道,洞口边豁然溢出五彩缤纷的草木、石屋、石墙、石阶,让我们的呼吸凝重起来。我们就像一群重见光明的盲人,四处不停地奔跑、呼号,伸着敏感、柔软、细腻的双手,不停地挥舞。

　　山腰处的石头广场,一半给自己,一半留给远道的人。

　　我们这些山外人,纵声高喊——把静穆的大山唤进我们的骨子里,把散落的山峁喊成自家的庭院,把自己喊成喊山人。

　　温和的秋阳斜洒下来,把我们的身影与眼前的石桥、石磨、石屋、石巷重叠起来,合而为一。

　　闲散的牛羊吃着石头缝里蓬勃的青草,几只鸡、鸭、猪、狗,围着村民从深山里刨来制作根雕的树墩、散枝嬉戏撒欢,一缕挤出石烟囱的淡青色炊烟绕过拴绳的石鼻、石柱、石坊、石砌的院墙,撩着晚归人耳旁的碎发。

　　山坳里,大雁般的石头又衔接成一层层护院,把眷恋刻进每一个随身携带的故乡。

　　我拾起一粒石子扔向天空,又弹回高高的山峰。太阳巡回,翻爬着我们这些流动的石子,让每个人都能找到自己的原身。

　　我们散落在四野八荒,是走动的石头墙,替王家汕的石头,在人间说着嘘寒问暖的情话。

(选自《大河文学》2020年第1期)

马车行驶在有月光的路上

_张毅

首先是马蹄的声音。它们打着响鼻,蹄声"哒哒"响着。然后是马车的车轮声,一声声传来,在有月光的路上。

我想,那一夜月亮一定很白。车上的粮食在月色下闪光。那些收玉米的人,脸上沾满泥土和汗水,他们的胳膊粗壮有力,他们的梦里有粮食的芳香。

我想起另一个中午,天空浓得像一个巨大的雨滴。云层遮蔽着植物组成的地平线。雾气中,有一辆马车向我驶来。

那是一辆木轮马车,车轮如同祖父的脸。在北方有许多这样的马车,它们有时独行,有时排成长长的一排。马铃的声音温暖了我的童年。车上常常载满粮食、柴草,不断往来于村庄的土路上。我常在乡间与这些马车相遇,然后怅然地望着它们一点点远去了。

北方的田野经常会看到用于农耕的马。它们没有画家笔下那种奔腾潇洒的英姿,它们和主人一起日出而作、日落而息。它们毛色模糊、眼含忧伤。那些用于农耕的马是马族中低贱的品种,没有编号和固定的马槽,甚至没有自己固定的主人。

一匹马在一生中被反复出卖:从一个乡村到另一个乡村,从一片田野到另一片田野,它们的命运只与土地有关。

在乡间,马经常被作为拉碾的工具。光线昏暗的磨房里,马的眼睛被肮脏的旧布或麻袋蒙上,马与石磨等速运行着,时间变成一条无限延伸的黑暗之路。这种方式被后来的机器取代,如同马灯一样在夜里遁去,成为有关农业记忆的遥远影像。

(选自《大沽河》2020年春季号)

原野·即景

_庞学杰

云天流脂,阳光镀银!
身轻如燕的一株株芦苇,眉飞发舞。
娇羞的花朵,是岁月裸露的心!
远远地看吧,不可走近,不能碰触,更不要采摘。

花神夜宿在一朵花心里。花瓣上的十二颗露珠,相约来陪护,这儿是众生的天堂:蜘蛛,蟋蟀,蝈蝈,蚂蚁,蜻蜓……和谐相处。
芦苇丛中,悬空的鸟巢里:雏鸟咿呀学语,老鸟嘴对嘴教导。
漫步中的一只野兔,听见了脚步声,却并不慌张,它立起身子昂起头,四处张望。
张开亿万双臂膊拥抱所有生命的,是慈悲的东风和阳光………

(选自《青海湖》2020年第3期)

废墟

_张烨

  我凝然伫立在西风残照之中,无垠的灰色包裹着我,一股湮远年代的战争气息倏而漫起,笼盖荒野。我竟按捺不住自己的心跳,当一座旷世独立的废墟以它沧桑的眼悲凉而平静地望着我,从冰凛的颓垣断柱流出滚烫的语言。

  灰色在我胸中轰鸣。

  废墟将布满灰烬的根伸进历史的长河,漂着、吸吮着。它不愿全部消失,以浩瀚的气势沟通过去与现在,昭示着一种生存的过程。它恒久地依恋着这片国土、民族,因为我们的存在而存在。世上有苦难而坚贞的精神。

  以时间为乐谱,空间为钢琴,在灰茫茫的宇宙中,废墟,震响着自己的灵魂。

(选自《散文诗博览》2020年第82期)

无力

_金小杰

　　能有什么办法，生为女人，是最大的失败。

　　二十多年前，父亲在手术室外哭得崩溃。这个铁打的山东汉子，瞬间泄了力气。从今往后，所有的风雨都要自己扛，所有的风雪都要自己担。每年祭祖，我都会跟在父亲身后，像个巨大的错误。叔叔们冷嘲热讽，嘲笑我的性别。父亲蹲在坟前，烧纸，点香，火光明灭。我一次次闭紧双眼：父亲单薄的身影像一声轻轻的叹息。

　　走南闯北，出人头地，都不及别人户口本上性别的一栏：男。后来，我习惯在深夜点亮自己，习惯在纸页之间，找回自己。这微小的举动，虽然救不了自己，但至少可以取暖。

（选自《大沽河》2020年春季号）

脊瓦：牧云的纸人

_ 雷黑子

那天夜里，在我糊扎完工自己的最后一个环节，至少晚了一个时辰，我才把眼睛画到龙须草的下面。

这一个时辰里，裉裉蛛趁机推着星星躲进了沙土窝。

石荷花在沙之深处，被轩辕捡走；月亮被风后和常伯，一锅一锅煎得金黄；连山氏磨蜃鞭芨，已尝食了第九十九种草；晨阳浸染，在黄河里喷薄了好几个来回；韦陀花为了一个顾盼，已在渡口婀娜完了一生。

我勤快的小羊群，采露煮茶，啃光了疯长的隐喻。依然，是一只调皮的云，不能理解昙花的悲伤，白牙咬得风推窗棂一样咯吱响，摇头晃脑，把深邃的象征连根拔出，贴上了栅栏门。

白天，像花生壳一样被剥开。

母亲，像花生仁一样，穿着红袍，从黑夜深暗狭长的胡同里蹒跚而来，驻足在驮着我全部童年的驮车前。

我知道，她一定还想让驮车，在黄河的冰面再滑翔一回，看看在驮车后面追了二里地的鲤鱼，现如今是否安然无恙。

殊不知那条鲤鱼，已经在母亲冒雨远行的当天，就游到了她云一样的发间。

（选自《星星·散文诗》2020年第5期）

芦苇

_王宏雷

水边，无声地挺立。一丛丛，一片片，都在等，却不知要等什么。
从一地芦芽，等到满头芦花，等到草野连天。
再从漫天遍野，等到肃杀里一根根孤苦伶仃。
西风，随手一挥就把绿抹了，再一挥，旗断戟折。
只能从头再来。
还是得无声地等，笔直地等，一无所有地等，依然不知等什么。
仿佛到处都是启示，又似乎全都毫无意义。
就这么两手空空地站着。晨光暮霭。
来了一位农妇，采了一篮苇叶回家。
沐浴之后的叶子，搂着满怀粽米的感觉，从未有过，却又那么熟悉。
有点儿像夜空怀抱星子，湖海怀抱鱼群。
天，怀抱着地。地，怀抱着自己。
想起了母亲。
怀里，这些跟自己毫不相干的小米粒，就像那些参不透的等，一颗颗沉甸甸的谜。
一旦抱起，再也不想放下。
走近灶台，走进炉。
蒸笼掀开的一刻，尘封已久的苇香、米香，灵神般飘逸而出，凌空婀娜。
壁画上的飞天，活了。
哦！原来，这么香！自由。
剥开粽子时，才发现，跟人间的粮食，已经难舍难分。

(选自《中国石化优秀文学作品选》2020年)

裂隙

_张少恩

  椰树——活泼的叶条，茂密的纤指，悠然的裂隙梳理。天空奔腾的烈马，扬鬃飘举的畅意，充满抒怀的意味。
  晨醒之曦微，黄昏之夕照，流风之猎猎，月色之摇摇皆是创造。果实在高处凝眸，深邃而超拔，从容夹带自豪。
  总是飘逸，不局促亦不惊悚，秩序的排序与整齐的队列。自愿自觉，优雅恭谨，不与激荡的风雨抵触和对立。
  椰子为在大地上站稳脚跟建立起了优美的机制。看呀，棕榈也是；槟榔也是；芭蕉也是；狐尾椰子也是；龟背竺、蒲葵和散尾葵皆是——
  裂隙的明慧——
  星辰宇宙穿流其间，而无摧毁。

（选自《上海诗人》2020 年第 3 期）

赛拉隆：鹰巡吐鲁坪

_梅里·雪

　　云停在坪上，赛拉隆在云上。
　　牦牛的影子，绿绒蒿的影子，鹰隼的影子时隐时现。
　　一声迅疾的鸣叫衔住了草原的空旷。
　　一只鹰回到吐鲁坪，回到虚无的真空，像谁扔进时间深处的一点响动。它会碰响什么？
　　一圈一圈逡巡、探究，一群人的到来是新鲜，是陌生，是惶恐，与无人摄影机对视，同样是飞翔，终究谁被遥控？谁没有了自由精神？
　　鹰靠翅膀高过山顶上的我们，而人，想要飞，只能用干净的灵魂。一声啸叫，天空苍茫茫地倾斜下来。一株雪莲花，哑默的根须，稳住了赛拉隆108条漏斗形的山谷。
　　山隐于云，云驮起鹰。
　　一溪流经草地的雪融水，勾勒出天穹的浑圆。
　　我们走进云深处，感恩驮着吃食负重而行的马匹。感恩牵马的老人，忍受着生活在夹缝中的压力和内心的疼痛，依然藏起生活的重。
　　向上跋涉。你说，这片草原有你的苍凉，也有你的幸福。
　　我们坐在坪上，看见的每一片云每一丝雾都是你迷茫的一生。
　　守望今生的赛拉隆，鹰翅大开大合的山川，也是你一生难舍不弃的暖意天堂。

（选自《散文诗》2020上半月2期）

赤水河畔的红高粱

_陈劲松

世世代代,在赤水河畔扎根生长。

像那些从未走出黔地的先民。

在沉默中,它们饮下云贵高原金色的阳光。和别处的高粱有着相似的秉性,只是更沉默,更卑微。

穿过一场场风雨,就经过了一场场风雨的蒸煮,接受了阳光的俯照,就被加入了阳光金色的酒曲,被节气窖藏,在时光中,蓄一腔豪气。

九月,高粱红了,那粗糙的手掌,终于打开了他们窖藏的,干净的粮食的芳香。

在赤水河畔行走,谁能从一棵棵的红高粱中,指认出自己。

(选自《星星·散文诗》2019年第3期)

影楼

_李曙白

这个世界有许多可疑的场所，我们穿行其中。

——题记

过去叫照相馆。
现在叫影楼。
为什么要改名？我问接待我的一位小姑娘，她一脸的茫然。

影楼门前的玻璃橱窗中摆放着许多照片。
有风情万种的，有故作矜持的，有艺术家范儿十足的大腕明星，当然，更少不了秀恩爱的小夫妻披婚纱的新娘……
一年四季，昼夜晨昏，不管什么人来到面前，他们的表情都一如既往。

影楼里面有许多分割的空间。
首先是化妆间。在这儿你会变得更漂亮更年轻更接近你想要成为的模样。
其次是更衣间。那里有各色各样的衣服、帽子、鞋子供你挑选，你可以挑一套你一直想买却舍不得花费的行头。
最后你就进入拍摄场所。在一间古色古香的闺房，或者欧洲某座城市的著名建筑前，一个包装一新的你，精彩登场。

我有点明白了，影楼其实不是照相馆。
照相馆是给你拍照片的。而影楼是给你想要成为的那个人拍照片的。
一个是真实之影。一个是虚幻之影。

因为我们更喜欢后者,就有了影楼。

（选自《散文诗》2020 年 3 月）

黄昏

_赵目珍

这小小的黄昏,灿烂异常。
一定是有人重新想起它,否则它怎会如此灿烂如初。

洪湖公园里的刺轴桐,以及未肯嫁春风的遭遇,黄昏时分落在左边的湖水上。
昨日运斤成风。襁褓中的荷花,恰如我两个月大小的女儿。

风吹草动,动起我有点隐秘的心事。
我想起菊花酒,上面浮动着天伦之乐。而葭莩之情,似乎从中年开始,就注定了不能纯粹如一。

没有什么秘密可言。
鹤望兰如孔雀开屏,落羽杉在内心生长出挥之不去的影子。
几棵棕榈树直上云霄,它们先于我见识到了光芒退去。

（选自《散文诗世界》2020 年第 6 期）

辑四 网风的馨香

春日三幅

_李少君

第一幅

第一幅是春季回老家上山祭祖。阳光灿烂之日,全家老小,携鞭炮上山。小孩在前面蹦蹦跳跳,大人在后面神色凝重,一行人在深草丛中探路,往上缓缓而行。山上寒风凛冽,但由于登山颇费脚劲,背后还不时冒汗。寻到祖宗坟墓,先放鞭炮,爆竹声中,从年长者开始,依次一一拜倒。轮到自己拜完后,才放眼看看山下。湖南多丘陵,四围都是妩媚青山,村落在远处,墓碑在眼前,最初的悲欣交集逐渐平静下来,恰如一阵春风吹过,感觉非常清明。

第二幅

第二幅是春游,开车沿着海南岛的东线旧公路缓慢行驰。公路两旁，由于车辆较少，树木日渐茂盛，郁郁葱葱，野草也疯长，密密麻麻。一片林子接着一片林子，不见人影。随意往一个小岔路口一拐，不多远，就看到一个掩映于密林深处的村庄。先是一两幢孤零零的农家房屋，然后，房屋人影渐多。村口最先迎上来的是怡然自得的小鸡，悠然迈步的鸭，或沉默是金的水牛。村口还有修得很讲究的井。井很深，深不见底，水清冽爽口。捧一把洗脸，让人神清气爽，觉得真的很像家乡冰雪融化的春水。旧公路两旁还有很多绝美之处。有时正好赶上春雨，淅淅沥沥突然而来，就躲到路边的庙里，这里庙很多，而且一般都建得不错，是海外乡亲捐建的。供奉的，是本土的土地公。躲在庙里，听天上春雷响过，真的有某种东西似乎突然苏醒，某种新鲜的东西一点一点地萌发。所以，旧公路我百去不厌，并且还写过一句诗：旧公路就是一种风景。

第三幅

　　第三幅是去海口的万绿园放风筝。万绿园临近海边，是一片草地，草地上还有非常奇特的树木。万绿园非常开阔，春季风很大，很适合放风筝。多年未放风筝，已很生疏。先看别人是怎么放的。抬头看天，天上飘着五颜六色的各式风筝，彩带飘飘，心情就自然地舒畅、愉悦起来。于是自己将风筝抛出，一阵风吹来，很快地就迎风展翅，扶摇而上，赶紧松线，不一会工夫，风筝已飞上中天。风筝好像有自己的生命一样，这时就自顾自地在天空中飘扬开来了。我的心也随着风筝在天空中舒展开来，放飞开来了。看着风筝越飞越高，想起以前看过的一句诗，"上升的鸟减轻了我们灵魂的负担"，觉得用来形容风筝也非常恰当。我看到草地上欢天喜地、大呼小叫、跑来跑去的孩子们，再看看蓝天下飘扬的如孩子般活泼自由的风筝，觉得心中的积郁一下子踪影全无。

（选自"南方+"，2020年4月2日）

时辰

_郑小琼

  时光的细雨低数着马栏里的冷铁，它的锃亮独自璀璨于寂冷的黑暗。
  远处的灯火照亮水中的鱼群与百姓。楝树落果，敲打着秋风。
  淅淅沥沥的芭蕉叶间，鸣蛩留下不尽的秋露，滴滴滴，瞬间不尽，犹若秋雨似的人生，模拟着人间轮回，明月长照枯荣的庄稼，两声鹤鸣拍击着灵魂。

  空荡荡的乡村，黑黢黢的宿命，倒下一片墓穴，长眠于秋野。
  秋之后的空旷，秋之后的寂静，秋之后的翠柏点燃绿犹如碧螺春的人生，映照霜间的人间。
  有风低鸣，雏菊开放于旷野间，这无声的黑暗中，鸟只恍惚于尘世，灰烬的树木长出绿叶，年轻人站于乡间的车厢，他们拖着沉重行李，在黑暗中，江水滔滔不绝。
  星辰长照，啊，深夜的火车头上，命运的灯盏照亮寂静的黑，谁在长咽着江水，铁轨，旷野与星辰，咽下这有些冷的人生。
  这无声的黑暗中，雨水数着马栏的冷铁。
  它说着：命运啊，江水长流不息！

（选自"郑小琼"新浪博客，2020年10月）

茶聚天宝阁

_ 钟子美（香港）

天宝阁枣红的氛围，是春华万紫千红的注疏，还是秋实累累的训诂？固态酒精燃起优雅温存的火苗，烘暖着铁观音的七泡余香。象牙色的筷子倾情游走在南国美食和舌尖之间。更多的是说不尽的半世情怀，我们的同心圆。过往已经充盈定格，前瞻似乎不必，因为，未来已来。

天宝阁壁龛里伫立着的景德青花瓷，收敛着他们千峰奇翠的华丽，默默自省。

当年我们驭着早春的阳光，踏进最高学府门槛，以伦敦英语跌宕起伏和轻重节奏的优雅取得各自的领地，次第进入彭斯的玫瑰情怀、布莱克的悲悯吟哦、狄更斯的社会图卷、勃朗特三姐妹的浪漫情节。康乐园小礼堂黄昏的音乐会上，小施特劳斯心田的流泉越过百年，注入蒲桃林和芳草地的芬芳。

正当这心灵的清境为我们展开无限美好想象的时刻，一场天火焚毁了象牙塔精致的理想国，或独立学术精神傲慢的独行，遍地零散着幻灭主义的碎片，之后是沮丧，是失望，是茫茫的前路。南风窗的伫望，因咫尺千里的自由，打湿放飞的翅膀而兀自苍白。巴尔扎克那悲壮的人间剧本——重演。

然后各自开拓新生，在化外，在天涯，在海角。春天不再，诗灵远去。南海之滨，安大略湖畔，普陀玛河边，湄南河上，散发风中，壮志不减。我们已经蜕变，一杯咖啡家万里，中年心事，比雨夜还沉重。

枣红的氛围。北望神州，花季重来。牡丹国，花瓣优雅的曲线，流光溢彩，是旭日和满月所勾勒。诗意重归现实，平仄铿锵着唐宋风采。两鬓银丝，酌美酒，醉名曲，翩旋探戈舞步。古木逢了新春，兼又期许着长春，家国之心陶然。

未来已来，大数据时代震撼了我们，生命之钥就在人类手中。我心永恒，我们的友情不变，不变如宇宙三光。虽然风云再起，我们的心平静如秋月，也明亮如秋月。呷一口储存灵山秀水之春的清茶，再吐一口肺腑之言。评估风云，句句是过往的总结，句句饱含美好的祈愿。人世间一切美好，就落在此刻，在天宝阁，在枣红色的氛围中。

（选自"世界华人文化研究会"微信公众平台2019年12月30日）

异域的土地（选章）

_赵宏兴

白色的、黑色的、黄色的土地不断呈现。这是异域的土地，有着异域的风光。

我在等待飞机触地的那一刻，撞击、撞击接着是颤抖、嘶吼，最后是到达后的平静、放松。

一出县城就看见前边那座雪山了。
雪山伴着我们的行程，走得再远一抬头还在雪山脚下。
那些黑色的牛黄色的牛花色的牛，它们都在草地上低头吃草，吃饱了的牛就卧在地上，像一块巨大的卧石，阳光打在它们的身上，它们皮肤呈现着亮泽的光芒，看着它们悠闲的样子，就觉得人太累了。

今天的路和昨天的不一样，今天一出县城就是荒凉的山丘，上面是一层灰白，仿佛冰川刚刚融化的图景。

车子在马路上奔驰，每拐一个弯就会呈现出不同的风光，让人惊喜。

土地平坦得像大型压路机碾过一样，阳光照在上面，大地上一片金黄，像镀了一层金箔。

这是被焚烧过的土地，到处都是黑色的灰烬和荒凉，除了云朵仍在关心，它们已被植物动物抛弃。

黑色的山丘连绵低矮，黑色的鹰群像纸灰在低空中忽飞忽落，连歌手唱着的哈萨克民歌似乎也染上了黑色。

荒凉把人带向了远古。

这是树林最绚丽的季节。

它们没有统一的颜色，它们各自保持着自己的个性，像小姑娘画了口红，呈现出性感勃发的青春。

一个朋友在一片树叶上，竟然发现了红黄绿三种颜色。

每棵树都是一个哲学家，可以给我们思想。每棵树都是一位老中医，可以诊治我们的城市病。每棵树下，都可以谈一场轰轰烈烈的爱情……

沙地上有牛的脚印羊的脚印就是没有人的脚印，我们的喧哗打破了林的寂静，白色的桦树上都是深情的凝望的眼睛。

山丘的顶部是浑圆的，山丘上的石头越来越多，奇形怪状。石头间，有许多绿色的植被，几头牛在低头吃草，吃着走着就与石头融为一体了，牛也成了黑黝黝的浑圆的石头。

在哈巴河的夜色里，我听到二毛忧伤的歌声。这位光头的老哥，背着一把老吉他游走在广阔的草原深处。

在哈巴河的夜色里，她伏在二毛的肩膀上面对大家哭诉，开始我以为她是在作秀，渐渐地我发现她是真实的。她每说一次就用这句话开头，像一位布道者。她说的都是心底的忧伤和对生活的质问，她长长的泪水，到达不了最近的距离。在座的几个人热泪盈眶。

"我要告诉你"，我们一群人已散开，走在凉风吹拂的马路上，而她的哭诉仍在我的耳边回响。

哈巴河，我在黎明前离开你。此时，小城还没有醒来，浓厚的夜色，蔽护着许多人的梦境。

哈巴河哈巴河，我的旅程里有太多的牵挂，隐藏在这异域的名字里。

（选自"赵宏兴"微博 2020 年 11 月 3 日）

珠穆朗玛

_王泽群

一种清凛。
一种孤独。
一种凄楚。
一种神圣。
一支神的歌，缭绕于你的肩畔；却不能也无法暗淡你对青天，所凝视的眸子哦！
——珠穆朗玛。

宇宙的律动。
地块的挤压。
雅鲁藏布大峡谷的企望，喜马拉雅无休无止的期待，逼迫你——升高。升高。升高。升高哦。……升高到她们也不知道的高度，升高到她们也不理解的苍凉，升高到她们也不懂得的无奈，升高到她们也不明晓的尖锐。
让你清冽，让你孤独，让你凄楚，让你神圣！
让你高处不胜寒，寂寞嫦娥的广袖也束得紧紧了呢。哦哦。玉兔不捣药，吴刚不倒酒，后羿收了弓。独自悠然且突兀……
——珠穆朗玛。

没了树。没了叶。没了草。没了花。没了红。没了绿。没了色彩也没有了生命哦！
　　只有雪。只有冰。只有风。只有暴。只有白。只有黑。只有寂寞也只有那孤独哦！
　　——珠穆朗玛。

　　任何一种高度，都是要付出代价的。
　　但是你在无可选择与无可奈何中所付出的代价，委实是太过于残酷，太过于严峻了哪！
　　——珠穆朗玛。

　　当那么多的歌，那么多的诗，那么多的颂词，那么多的画面，那么多的信息，那么多的笑容，那么多的声色电光花团锦簇桃花美面……
　　都献给你的时候——
　　我这个大西北男子的心，便泪流满面了。
　　珠穆朗玛，我的珠穆朗玛！——
　　你见过心上的泪，滴滴都是朱红的血吗？
　　你见过所有的风，声声都是嘶哑呜咽吗？
　　你见过。你见过。你一定见过。
　　而你，无言。沉默是金。
　　始终是漆黑的黑暗呀！
　　圣洁的洁白呀！
　　其实，你只有一种……你自己才懂的颜色呀！
　　——珠穆朗玛！

　　和死亡是那样接近。

（选自"南方+"，2020 年 12 月）

我们一直误会了秋风

_方文竹

越过千秋关,像大军压境,一阵秋风卷刮着月牙湾,抖弄着大地的盛装。

秋风用它神奇的双手,脱掉了大地的第一件服饰,露出了粮仓、硕果,天下一片火红。落叶像无数小纸条,发布撒遍一地的贺讯。

宛溪河南畔的草根画家魏新雨将磨砺一新、银光闪闪的一把弯镰移入汹涌的色彩。

脱掉第二件衣饰,露出素朴之美。减去色彩,一个时代的意境病急需饥饿疗法。世界成了磨刀石,刀却成了无用之物。魏新雨的窗户日夜洞开,接续日月的光辉——一场大润墨,成了无用之物的刀在画里闪烁出神性的点睛之笔。

脱掉第三件衣饰,给另一事物穿上。大量的留白,粗疏的线条暗喻更多。晨雾迷离,魏新雨忙劝忠贞的侄女改嫁。

最后的一件衣饰脱下来了,一头野兽冲破心之门而出,狂奔于荒凉大野。

秋风吹着吹着,伸出了无数神奇的手……世界在穿画,画里的世界在穿衣。

(选自"诗词文艺·名家专栏"微信公众平台,2020年9月7日)

生态

_饶远

生猛的鱼虾龟豚是在江海游弋的音符，分享着自然生态的洁净纯美。

江水兴奋不已地注入海洋，为满载物资集装箱的货船、海轮，高唱欢送赞歌，祝福它们顺利到达世界上急需中国产品的所有国家的港口，送去中国的温暖，载回世界人民的情谊。

飞鸟是空中飞翔的音符，在生态廊道谱写出一首首珍稀鸟类的高层次生存环境之歌。让祖国的天空永远蔚蓝、安全，永远荡漾和平之声。

我看见：

中华秋沙鸭、白腹军舰鸟、黑鹳、白尾海雕、白肩雕一一亮出歌喉，显耀自己的美丽和珍稀。

在时间的节骨眼上，它们兴奋地列队，欢送掠过天空的中国飞行器，顺利飞向月球、金星、火星……

这时，阵阵花香袭来，我忙不迭地张开鼻孔东闻西嗅。

鲜花是深含艳彩和香气开放的音符，在粤港澳大地释放馨香自然的歌曲，鲜花随着音乐节奏吐苞绽放，让大湾区的大地永远不受污染，永远兴旺发达！

生长在大湾区的鲜花们——木棉花、紫荆花、金莲花、杜鹃花、三叶梅、白玉兰、郁金香、菊花、荷花争相绽放美丽，正准备参加世界花卉大会，要为大湾区捧回金奖银奖。

我为它们深深地祝福！

随着舒缓甜蜜的音乐声，我来到了湿地花园，看见老人迈着矫健的双脚在漫步。

　　孩子们静坐高科技课室，阅读自动化的课本，在知识的海洋遨游、徜徉。

（选自"南方+"，2020年12月）

走进一个汉字镜

_王舒漫

　　历史的眼睛眨得很快。青山吸饱了薄暮的绯红，向远处退去。还好，送走了忧郁，我从镜中嗅到了五谷，和草叶的香味，也勾起了长相思，常富贵的日子。日和明月，推着光影贴着地面来回地滚动。历史的长河在镜中奔腾，我止住了脚步，凝视，山川的雄健，凝视，东汉的青铜镜中丰盈的世界。镜，一个汉字，经度是富足，纬度是自己，镜，解构一个历史的景观，镜，三弦纹桥，峰连峰，峰峰星云，镜，翠鸟四起，直上苍穹，镜，能同日而语么？

（选自"王舒漫"微信公众平台2020年10月）

岁月

_李晓光

时光，总将我们善意的人类数次抽打，然后，又投进岁月的温泉里去清洗。无数人从时光的泥泞中爬起，额前浑然留下了一条条辉煌的皱纹。心底，蕴藏过一滴滴辛酸之泪，面前，初现一道道海阔天空心旷神怡的风景线。

如果把时光比作一根弦，风是音乐，水是明镜，生命便是土地上最硬的音乐。虽然，一些人还没有走上生命的舞台，便已弦断幕落，留下满腔的愁肠与空落。但心底已被音乐的火光照亮。

岁月，也许永远对得起的是溪水花木，任其自流，任其自长。

岁月飘逝，大河东流，旭日还会升起。让我们背上空气的嘱托上路吧！

（选自"李晓光"微信公众平台2020年10月）

守住秋天的秘密

_冷先桥

　　置身在秋天的光影中，蓝天、白云、归雁以及果实，以及一个外省的女人，在珠三角小城街角，经年累月，缝补沧桑。

　　大众烧腊快餐店，一群搬运工在调侃岁月，二锅头与老白干下肚后，干劲十足。

　　工业区多个店门口挂着招租，这是疫情过后的秋天。川流不息的道路塞车仍是常事，秋天的阳光还是火辣，北方的冷空气半途终止了南下，只有战事，以及魔爪，还在吃紧，大嘴巴高音依旧。

　　而我只是在珠三角一隅，想想陈年旧事，保守一些秋天的秘密，用自泡的药酒灌入肚中。偶尔想起唐朝刘禹锡的诗句，让思维长满不合时宜的苔藓！从此学会懂得感恩懂得给予，懂得把责任、公平、正义扛在自己的肩膀上。

（选自"广东散文诗学会"微信公众平台2020年12月）

"水兵记者"那年月

_陈建族

我曾是一名海军军官,也曾是一名军事记者,用海军的行话说是"水兵记者"。所以,《人民海军》报创刊后,还办了一份专供军事记者交流的刊物《水兵记者》杂志。八一建军节来临,写下几句记之。

一

蓦然回首哟,还是那军旅情。那时候我真年轻,夜下挑灯攻读名篇。采访遍布那万里海疆,多少水兵梦想融入笔端。

二

高山海岛哟,山道岛道弯弯。云雾缭绕见兵貌,望天顶上巡逻海疆。一年三季生活云雾里,让我动容又感责重如山。

三

波峰浪谷哟,谷谷惊心动魄。铃声催促练兵忙,顶着风浪去跑战位。猫步练出吃饭硬功夫,舰上战斗生活真不一般。

四

大洋深处哟,无风三尺浪呀。我随小艇去巡逻,战友吐出了黄胆水。我也在晕后交出公粮,水兵生活浪漫又麻辣烫。

五

外舰来访哟,军港军乐飞扬。把检阅镜头摄入,把交流的场景留下。感受军人爱和平心愿,见证两国水兵情深意长。

六

离开军旅哟,家国情怀浓厚。笔记里的兵情事,照相机里的一幕幕。那情那景那人永难忘,时刻在我脑海不断回放。

(选自"中国作家网"2020年9月30日)

这一年

_巫国明

这一年,春天来得早,夏天热得快,雪花一夜变成了火花。赶路的人来不及换鞋,便一家伙把路穿在脚上。

这一年,春风十里,桃花艳丽,夏雨连绵,风卷绿荷,芭蕉雨打;雨过天晴却不现彩虹。从夏至到大暑,一场一场雨下过,我还未见到半道。

这一年,荔枝树结果过多,肥肥的红,压垮了瘦瘦的绿,果树丰产,枝头累累硕果成为负赘。妃子失笑,挂绿失色,果农沉默。遍地落果,酸臭了树下的林地和水沟。

这一年,江湖风急浪高,夜雨涟涟。我拿起被淋湿的相机冲出漏雨的屋,把救生圈和笔,遗漏在茫茫黑夜中。

这一年,那座老庙妖风小了,浅池里的王八,被污染多年的浊水淹死,只有几只变异的癞蛤蟆仍活着,在嘻嘻哈哈。

这一年,大风在城市舞蹈,高大的广告牌、耀眼的霓虹灯被一一卸下。大雨在乡村筑巢。洪水不到处,河涌水质继续恶化。许多同事升了官,当了河长。

这一年,猪朋出卖了狗友,贩夫干掉了狱卒,水月钻出了洞天。这一年,我不断尝试,尝试拔着头发离开地球。可是,至今未遂。

这一年,有一盏灯,一直在我心中亮着;有一个梦,一直在我脑海醒着。

这一年,日子,才过了一半……

(选自"南方+",2020 年 12 月)

顽石开花

_甲骨文

石可破,丹可磨,但坚与赤,不可夺。谁说没有什么是不朽的?

那些琥珀、玛瑙、水晶、化石,深埋土里,或置身水中,默默无华,历经亿万年的沧桑,譬如停滞的水流,与世无争,却向死而生,成为独一无二的存在。

每一块石头都经历过时间的洗礼，正如每个人需要面对尘世间的悲喜沉浮。

　　被时代潮流反复冲刷，也不过百年的时光，"有的人把名字刻在石头上，想永垂不朽；有的人宁愿自己是一棵野草，等着地底下的火来烧"！

　　曰：众生无人不寂寞。顽石开花，是执念。

　　执念，是一座山，压在人的心头，痛不欲生。

　　执念，是琴棋书画诗酒花，禅茶一味赏石雅。

　　任由时光打磨，风霜雨雪雕琢，人要如顽石，将一些因果严谨包裹。

　　人世斑驳多诱惑，爱恨别离是非之处，要学会面壁思过，参禅打坐。

　　坚信如石化的人生，只要付出心血，赋予灵魂，就会花开精彩绝伦！

（选自"南方+"，2020年12月）

微信同学群

_王爱红

　　喜鹊登枝。你说，在你家的大杨树上，落着三十几只喜鹊。

　　我看到一张照片，看到你家的大杨树上，还有两个鸟巢，不是一个。

　　照片上，三十几只喜鹊，就像是音符，可以连缀成一首完整的歌曲。

　　不过，在这里，我请你仔细数一数，可能是34只，34只喜鹊代表了一个主题。本来应该更多，因为我们构建的巢，仅仅来了34位同学。我们真的喜悦，这些可爱的喜鹊，真的让我们回到了从前。谁，还有谁和谁，其实是一只喜鹊，终究会来的。但是，还有两只喜鹊，大家都知道，像两个休止符，像一声叹息，已经变成了两只黑鸟，让我们顿时感到黑。还有两只喜鹊，也让人心痛，他们在飞翔中，把影子丢失在风中……

　　幸有月亮从鹊巢里钻出来，幸有大杨树扬起一地月光。

回首仰望,你一定会发现,34只喜鹊,34只鸟,34只凤凰……已经在高处排列组合。那是爱,有你的一部分。

那是爱人的形象,多么亲切……

(选自"万卷文化传媒"微信公众号2020年9月6日)

我的梦

_许昭华(香港)

我的梦,始自五千年前那灰蒙蒙的天边,微微发亮的晨曦,半球状的一片红晕。红晕扩散,扩散,伴随着的是一个心中憧憬的朝阳。

我的梦,定格在眼前的景致:一望无际的海面,轻风过处,缕缕的波纹;浑厚起伏的海水,闪烁着教人引起情韵的粼光;循着一条夺目的光柱,一轮金色的旭日已经完全跃出山后,圆圆的脸蛋带着微笑,向我招手。

我的梦,放飞在神州辽阔的大地。大地一马平川,无限伸展,隐失在天边朦胧的仙境里;川流中一叶扬帆的渔舟,带着我无尽的遐思与梦想,在其中漂荡,漂荡……

我的梦,终于又回到金黑色的沙湾。平静的沙湾,远看无漪,临近了,原来却是波澜万顷。微风阵阵,海水拍岸,卷起黑中带白的浪花;海风和波涛此起彼伏,像给人们演奏一曲曲清歌妙韵,这歌韵雄浑而且优美,把人的倦意给冲刷尽净,豪情又渐渐地激发、升腾。

我的梦,紧随着峻伟的山,潜淌的水,镶上银边,戴上金冠,格外清新,格外亮丽。沿途郁郁葱葱的茂林,风情万种的枝叶婆娑其下;百态千姿的奇岩,错落长滩,默默地延伸到奥妙无穷的远方。

翘首蔚蓝的浩瀚苍穹,感受身边万物的盎然生机,踩着脚下浸润着浓浓乡情的热土,走在蜿蜒曲折的幽径上,倾听那不知名的鸟儿的鸣叫和清风的细语，颇有点飘然俗外的感觉。这里清爽宁静，没有都市的噪声，没有人间的烦恼，一切都是天然的——天然的美！

  我的梦，伴随着一生中曾经拥有的辉煌、荣耀、勇气以及而后陷入的不尽的无奈、悲情、失落已经远去……

（选自"广东散文诗学会"微信公众平台2020年10月1日）

花开即是丧失

_宫白云

  崖隙的杜鹃，盗火的普罗米修斯，孤独地对峙青天，为黄昏的山岗修正妄见。那棵枯朽，一点绿就活了，天地间的明亮需要无边无际的腐烂来替补。遍地的苦房草，时间枪膛里不灭的子弹，打破一轮轮落日。起伏的山丘下无法合上的无数只眼，像蓓蕾等待那瞬息的破开，摇动枯树的睡眠。

  一湾水吞下天空。天上的石头与地面的石头仿佛都心无挂碍，但我认定旋涡的低鸣，就是石头的等待。山谷里极尽灿烂后的一丛金黄，斜晖中氤氲，苍茫中的微颤，恰如大地空竭时的叹息。这神性效应，仿佛等了千年，小小的圆满悬于载道的包围，犹存一息的静默，不堪春风一吹，花开即是丧失。

  那片墓碑，风微微吹着，偶有树梢飞下的落叶粘着微尘，夕阳挂在树梢，一个圆满，一个空荡。只不过生与死的距离，却从不曾越过。从一片泥土到另一片泥土，一步一步终能相聚。

（选自"诗赏读"微信公众平台2020年11月16日）

你厮守着夜

_ 王明伦

  夜,远离村庄的荒坡。
  草棚边,你厮守着。厮守着那片青青的果。
  那根明灭的长烟袋,如一张豁牙齿的嘴,低声絮叨着辽远的神话(古老的夜,能听得懂么)。
  你知道,歌声和爱情是属于年轻人的。幽幽的月光和清凉的晚风,是对于忙碌了一天的青春的心的慰藉。促织娘的琴音能挽住旅游的萤火。青春舞会上,多瑙河蓝色的波光,会使年轻人如痴如醉。
  况且,少男少女们初萌的恋情,正如青绿的酸苹果,还需要时光的催化剂……
  于是,你选择了夜,选择了冷清与孤寂。半坡人圆形屋一样的茅草棚,贮满了你—— 一个看果老人晚霞般深情的眷恋(也许,还有一个不为人知的秘密,林深处,你面对一丘青冢,夜夜将心事向早逝的老伴诉说)。斗转星移,花开花落。夜夜都见草棚边你硬朗的身影(虽然村里的敬老院,已为你铺好舒适的钢丝床)。
  呵,看果的老人!我知道,即使厚厚的黄土将你覆盖,宁静的夜晚,也会见到点点磷火。

(选自《青海湖》2020 年第 3 期)

石嘴山，等待一树花开

_李红旗

  石嘴山，是贺兰山的一枚纽扣，镌刻在黄河岸边栉风沐雨，豢养着黄河水，吸吮着草原风，铸就了西北情，依然如故地演绎春秋枯荣的人生。

  一株野花，一阵松涛，一声鸟鸣，一片白云，一粒露珠，回归原乡，脱胎换骨，酿成高扬的颂词，走向生活的豁亮。

  不服输的秉性，追春的激情，端庄的风韵，锤炼的品格，在斑驳的光阴中凿刻出一座"塞北煤城"，流光溢彩。

  闭磕世纪的种子，迸发出炽热的能量，横贯长空，山披绿，红染遍，情满怀，擎天柱地！

  岩鹰翱翔，远山的春风输来了仙灵，静谧的山谷在速度中沸腾，开启灵魂的钥匙。

  山，挽着柔情的水，在季节里汤汤，流走了清淡，升腾了炊烟，洗涤了时光，划出了流年，亘古不变。

  青山，绿水，泼墨出一幅锦绣画卷，滋润着千年的传说，枝繁叶茂，历久弥新。

  岁月悠悠，无论前世或者今生，时光总是新的。

  苍茫的石嘴山，运筹帷幄，等待一树花开……

（选自"当听"微信公众平台 2020 年 9 月 30 日）

伫立普济桥上

_林进挺

  东来西往的古道,已然湮没在遥远的记忆里。历史的册页上,还依稀记载着点点踪迹。风起云涌的时代,如梦似幻……

  春风化雨,绿满了两岸草木,生长的新芽,摇曳的绿叶,散发出春天到来的消息。

  伫立普济桥上,放眼望去,处处皆春色。远山如黛,绿水长流,万般诗情入心头。

  那一叶渔船出没,收获一筐活蹦乱跳的河鱼,馈赠出一道河溪的美味佳肴,呈上河溪的美意。

  一颗感念的心,常随着河溪流向远方的大海,述说着一方水土的故事。

(选自《散文诗周刊》2020年7月12日)

中药

_苑筱玲

披星戴月而来只为与你相逢，不忍错过一分一毫。

沐了月光、淋了谷雨、历了曝晒，才愿与你谋面。

这一草一木的香气，一花一蕊的情意，经由时间，皆熬成苦苦的思念。

半枝莲、繁缕、海月、夏冰、紫苏、白薇，如诗般的名字却包罗世间苦楚。

剪秋、丁香、木莲、白苏、曲莲、忘忧、青黛，如一个个美人从画中走来，一开口却苦涩流转。

中药，三三两两结伴而来的传奇，汇成苦海，饮下便得了幸福！

（选自"滑州纵横"微信公众平台2020年9月14日）

白河吟

_赵克红

白河，神灵居住之地。

漫山的野菊花酿就沁肺之香，一滴清凉的露水诗意正浓。

和银杏树一起穿越而来的，除了唐代的砖瓦，宋元的词牌，还有我多年失而复得的草径，石阶，牧笛，镰刀。

灵魂里金黄的色彩，又一次吐露山河壮丽的感叹。一颗心，开始抵触俗世肉身。

乌曼寺的钟声，隐身于案牍的光影。而世间永久美好。

一条素洁的溪流，指引着每一个人。

（选自"河南散文诗"微信公众平台 2020 年 9 月）

看不见尘世的马

_赵亚东

一匹看不见尘世的马,却把整个尘世都驮在背上。它什么也看不见,但是又什么也逃不过它的眼睛。当我的母亲因为少收了一担玉米而哭泣时,它用头轻轻地撞击着她的肩膀。当我的父亲因为醉酒而在河边迷路时,它用牙齿撕扯着他的衣襟,把他带回村庄。当我因为恐惧夜晚的黑暗而在独自回家的路上战栗时,它仰天长嘶,叫醒了所有的星星。

看不见万物的马,却以无比的悲悯,爱着它们。它独自走在田地里,四蹄从容地避开那些在风中战栗的小苗。它独在河堤上徘徊,但是从未因此而掉进水中。它独自在雷电中穿行,但是从未被击打过胸膛。它独自在草原上行走,没有一次不叩拜我们的祖坟。它独自仰望天空,但是没有一滴雨水敲打过它的额头。

(选自"赵亚东"新浪博客2020年)

火与土

_李振君

一

微风,听得懂火苗的心跳。

火苗,这火的种子,一直不愿长大,又不肯老去,光阴的仓廪里,你永远不会找到发霉的火种,哪怕一粒。

我不愿把生活的殇痛和磨难,隐忍着,埋在心底。

我多想用诗词的长短句,作柴草,酣畅淋漓地,以梁山雪夜的一场大火,燃尽人生的恩仇快意。像闪电,在瞬间,交出全部的自己。

我想唤醒星星中沉寂的火苗,或将一粒萤火,发芽成星光。

二

土,是我乡村的乳名。

我和乡村的草禾一样,在土里生长,土里扎根,在土里,将露珠仰望成最亮的星辰。

土的泥腥苦涩,土的芬芳暗香,土的沉默宽厚,土的坚实茁壮,才让我能够以宽容、以沉实、以向内的信条,寻找向上的力量。

我把自己历经风雨霜露的枝叶,修炼成一枚茶,来品咂人生。

我属土命,注定今生与土有缘。

命既如此,所以我决定,今生爱土,就像爱诗一样,往死里爱,直至爱成泥土。

(选自"滑州纵横"微信公众平台2020年9月8日)

隔着山水饮白茶

_苗瑞霞

  隔着山水饮白茶,这是春天的好景致。暖风徐徐,剪语春归的好消息。

  你坐在梧桐粉檐下,我倚在柳帘春雨里,对着三月,饮下如甘露的琼液。

  燕浮着春潮,风铃是唐诗的韵脚,诗经催开桃花灼灼,白茶漫品中想象茉莉花开的缥缈。

  武陵源中的陶令,踏着桃林下的曲径,举杯约上蜂飞蝶舞。谁在他的眼中,勾出了最早的"乌托邦"。

  山泉淙淙流淌的琴弦,在白茶骨眉间响着。一位穿青衣的姑娘,在梅花海的汪洋中飘飘袅袅。

  隔着山水饮白茶,花红了一条条小溪,草青了一片片洼畦。柿树发芽了,春天里,所有的希望都来了。

(选自"河南散文诗"微信公众平台2020年4月)

故乡的院落

_周魏新

故乡院子里的麦黄杏熟了,田野里的麦子也熟了。

风吹麦浪,麦芒嚓嚓地响,乡村弥散麦子的气息。

月牙形的镰刀石,光滑的桑木杈,清明的咸鸡蛋,五月五的菜角,六月六的炒面……母亲坐在院落的轮椅上,快记不起来了。

父亲与乡亲燃着香烟,在破棋盘上打磨生锈的时光。

豆角、丝瓜、南瓜、葡萄的藤蔓悄悄攀上竹竿的棚架。

墙角的薄荷又长出新叶子,散出凉凉的味道。

参差的矮墙上,马齿苋、万寿菊开满了红的粉的黄的花儿,一盆盆,一朵朵,只绽放温暖的色彩。

(选自"滑州纵横"微信公众平台2020年9月26日)

愚公辞

_余全鑫

　　无路可走时，总会有人想起你。
　　你穿越时光，一直站在那里。
　　挺直的腰身，赤红的脸膛，随意扎起的发髻，穿越千山万水的目光。胸膛起伏，里面装着一个汹涌的渤海，或者正在滚动着一团风暴。肩扛别倒山的镢头，前胸后背的汗滴、腿上的泥土构成倔强的气场。儿孙紧跟左右，像一道前赴后继的洪流。

　　你见惯了一拨拨满腹狐疑的绝望者、迷茫者、鼠目寸光者、失意人、胆小鬼、懒汉。
　　你不相信摆在谁人面前的太行、王屋二山更高，不相信有啃不下的石头，不相信有踢不开的路。

　　山风浩荡，岁月峥嵘。
　　你的回答始终如一——
　　向前走，千年走一回；
　　挖下去，从来也没有什么救世主；
　　向死而生，九死不悔；
　　操蛇之神也会震惊，
　　上天也会被感动。

（选自"河南散文诗"微信公众平台 2020 年 6 月）

善意，在石嘴山定格

_张利娟

在石嘴山行走，稍一疏忽就步入两千多年前的大秦帝国了。

这是遥远的世界，石嘴山，依偎着贺兰山，像江南水乡渲染而成，惠泽万千物种，打印成册，上部水墨写意，下部凤凰涅槃。

大器生辉。每一块岩石，每一棵小草，每一滴露珠，每一朵祥云，都是神的家园。

时光在这里打了个盹儿，色彩在瘠薄山地跳跃前行，一步青绿，一步蔚蓝，一步涂满天空。

石嘴山，棱角分明，用豪迈的情怀，描绘着山这边和山那边的相思。隔着一山的距离，开出花来，把更多的奢望高高托起。

我从繁华的街道孤独走来，避开烦嚣的尘世，在山顶修行。一袭青衣，拔掉发簪，任长发纷扬，任衣袂飘飘，释放善意，在光影里亭亭玉立，在光鲜里燃烧、定格。

思念，开成蝴蝶，触角延伸唐诗宋词，涌动千百年的激情，守望生命，碰撞灵魂深处的故事，一丝一缕，刻骨铭心。

梦，在温润中生长，洗涤清华，独留一片沧桑。

脉搏穿过石崖，孕育清新透亮的生命。大山敞开博大的胸怀，我仿佛看到了我的父亲，把小时候的我扛在肩上，悉心呵护。

儒雅敦厚的贺兰山，就是走远的父亲，为巍峨而来，为大彻而笑，让梦渐醒，让离人忘却归期。

远去的父亲，似一泓清泉，倾其一生发出爱的呼唤，在群山间久久回荡，只是不会再有回声。

自此，父爱，只有怀念，且如高山。

（选自"渭州纵横"微信公众平台2020年9月26日）

秦砖汉瓦，遥远的星光

_李需

秦砖汉瓦，遥远的星光。带着久远的风声，裹着黄河的涛韵。

每一块黄土的胚子，都蘸着旧时的月光；

每一片茅草的底色，都蕴着漏掉的蛙鸣和虫啾。

我在我的先民缠绵的梦呓里，找寻那最初的冷和暖。

我在被岁月抚平的斑驳的记忆中，捡拾那无法言述的重或轻。

水一样的月色，总会轻轻撩起谁的白发？古老的关隘，又总会激起谁内心微微荡漾的波澜？

是谁？穿越历史的夹层，抚摸一块砖，像抚摸一种深沉的眷恋；

是谁？拨开朝代与朝代的迷雾，捡拾起一片瓦，像重拾起一个民族悠悠的梦幻和期许。

其实，无论是一种曲径通幽的雅致，还是一种小桥流水的品味，都一样会把我们带进秦皇汉武的天上宫阙、今夕何年

或者，只是带进，我黍米一样的庶民，星光洒落般的低吟浅唱！

（选自"公安诗人"微信公众平台2020年9月23日）

一个人的世界

_爱斐儿

躺下来，山高水低。

万物也随之躺倒一片交错的轮廓，沉静或者暗淡，灿烂或者隐晦。

是清晨，还是黄昏？如此不动声色。在万物的一面，剖开新鲜的光感；让光阴的气息，从容推开腐败与阴影。

这是一个人的世界，天空一片空白。

你涂完万千气象；或者不，只推倒江山，舍生取义，让一切重来。

更多的浮现，如凌乱堆积的油彩，寓意只有你自己所知。

比如，某天清晨，走进一片林子，一只唱歌的蘑菇，让你心驰得好远，在远离众生的地方，看到了生长茂盛的尘念。

一个人的世界，纵然有道路千条，无奈万般，你依旧化身自己，上天入地，或翻江倒海。

至于你登天时的梯子，它是别人无法看到的千难万险。

(选自"爱斐儿的有道云笔记"2020年9月25日)